Fan
ファン文庫

神様の用心棒

うさぎは星夜に涼む

著　霜月りつ

マイナビ出版

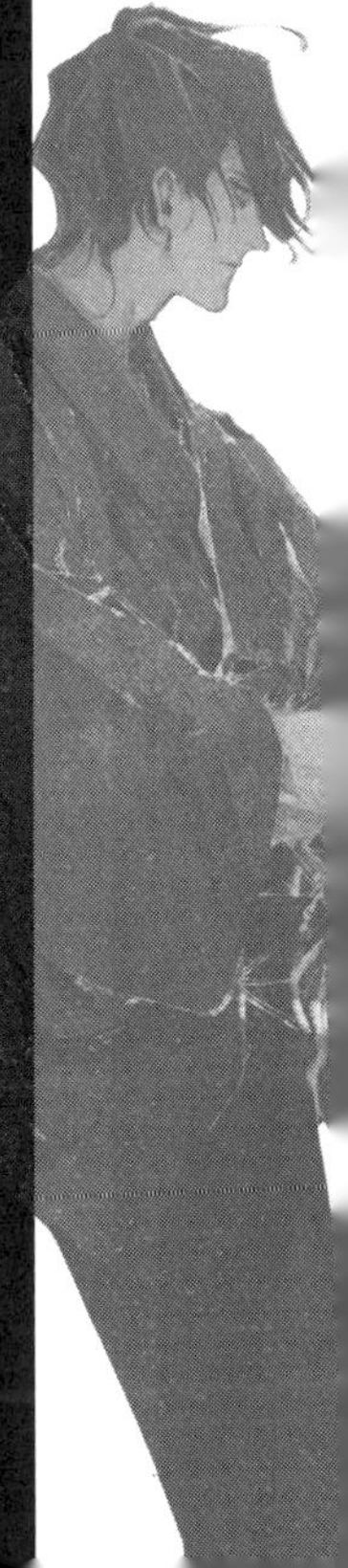

目次

登場人物紹介

兎月

宇佐伎神社の用心棒
うさぎを助けたことから
よみがえったが
死後十年経っていた

ツクヨミ

宇佐伎神社の
主神・月読之命
神使のうさぎと同化する
ことで実体をもてる

アーチー・
パーシバル

パーシバル商会の若き頭取
異国の巫の血をひいている

もの言わぬ絵師

序

函館山《はこだて》は濃い緑に包まれている。

短い春が麓《ふもと》から駆け上がり、さらに短い夏が時を惜しみながら色を塗り替えていくこの季節。

山は今が一番いきいきとしているようだ。

兎月《とげつ》は木刀を両手で摑《つか》んでうーん、と上に伸ばした。空気を吸い込むだけで山の匂いが身に満ちる。体の内側も緑に染まるようだ。

『トゲツ　トゲツ』

うさぎたちがわらわらと兎月のそばにやってきた。

『キャクガイルゾ』

『デモヘンナヤツ』

『トリイカラコッチ　コナイ』

兎月が首を伸ばして見ると、確かに鳥居の足下に誰か座っていた。薄ねず色の背中に長い髪が波打っている。ほっそりとした体軀《たいく》に女か、と一瞬思ったが、直線的な肩は男のものだった。

「兎月」

ツクヨミがそばに来ていた。白い髪をして、水干《すいかん》を着た幼い少年の姿をしているが、この宇佐伎《うさぎ》神社に祀《まつ》られている主神、月読之命《つくよみのみこと》だ。

周りにいるうさぎたちも野の獣ではなく神の使い。そして兎月自身も十一年前の箱館《はこだて》戦争で命を落とし、その後再び生を受けた神使《しんし》。その役目は函館山から降りてくる悪霊《あくりょう》――怪《け》ノモノを斬《き》って天へ返すこと。

その使命を終えれば魂は浄化されうさぎに転生すると言われており、目下それを全力で拒否しているところだ。

「参拝客ではなさそうだな」

兎月は鳥居の下の背中を見て呟《つぶや》いた。

「だったらただの通りすがりか」

「函館山の中腹まで通りすがるかよ」

兎月は「へっ」と口を曲げて笑った。

「いい気候だからな。ぶらぶらと上ってきたのだろう。ついでにこちらに挨拶に来てくれればいいのにな」

「ついででいいのかい」

「さらについでで賽銭《さいせん》を納めてくれればもっとよい」

欲のない主神の言葉に兎月はもう一度「へっ」と息を吐いた。

『カミサマ　カミサマ』

うさぎたちがさらに増える。

『アイツ　エヲカイテル』

『トッテモジョウズ』

覗《のぞ》いてきたらしい。兎月とツクヨミはその言葉に興味を引かれ、そっと男の背後に近づいた。

男は薄ねず色の単衣《ひとえ》の膝の上に帳面を載せ、そこに細い筆でサラサラと線を描いていた。

細面《ほそおもて》で優しげな顔をした青年だった。町に向けるまなざしはどこかあどけなく見えるが二十歳《はたち》は超えているだろう。

手の動きは素早く、白い紙に函館の町を見下ろした風景があっというまに写し取られてゆく。

「ほう、すごいな」

通常、人間にはツクヨミやうさぎたちの姿は見えない。それをよいことに彼らは正面から絵を覗き込んだ。

『ジョウズジョウズ』

『カミノナカニ　マチガデキテユクゾ』

男はふっと顔を上げると町に向けていた視線を周囲に向けた。じっとうさぎたちを見つめている。

まさかな、と思っていたのだが、男の手が今度はうさぎの絵を描き出したので兎月は驚いた。

「お、おい」

思わず兎月は背後から声をかけていた。

「おまえ、見えるのか?」

男は答えずうさぎを一羽二羽三羽と描き出す。うさぎたちはぴょんぴょんとその場で飛び跳ね出した。

『ワレダワレダ!』

『コレ　ワレダ!』

大喜びだ。

男はその場にいるうさぎたちを全部描いてしまうと、今度は兎月の隣にいるツクヨミを見た。眩《まぶ》しそうな顔をする。そういえば以前、ツクヨミが見えるものたちは一様に「眩しい」と言っていたなと兎月は思い出した。

「おい」

兎月は男の肩をぐいと片手で摑んだ。そのとたん、男は短い悲鳴を上げ、大げさなほどにすくみあがった。

「お、驚かせてすまねえ、だけどよ」

兎月はあわてて手を離し、言葉を切った。男は両手で自分の顔を隠し、身を縮めている。怯《おび》えている様子だった。

「おいおい、なにもとって食おうってわけじゃねえんだ。ちょいと聞きたいことがあるだけなんだよ」

「……ききたい、こと、が」

「そうだ。おまえ、こいつらが見えるのか？　おまえも巫《かんなぎ》なのかよ」

「かん、なぎ」

「そうだ。おまえで四人目だよ。ドルイドのパーシバルやその姪《めい》っ子のリズ、それに曲馬団の白山《しろやま》姫……おまえはそういう性質《たち》なのか？」

兎月は勢い込んで言ったが、相手はずっと顔を隠したままだ。

「たち、なの、か」

「おい、いい加減顔を見せろよ」

「か、かお」

男はわずかに手を下げた。怯えた目が兎月を見上げる。

「かお、かお、かお……」

「おい、おまえ――？」

「兎月」

ツクヨミが兎月の腕に触れた。

「もうよせ、怖がっている。それにこの男は巫ではない」

「怖がってるって、別に俺はなにもしてないぜ？」

ツクヨミは小さな顎《あご》を引いて、青年の顔をじっと見つめた。

「わかってる。だがこの男は少し――普通の人間とは考え方の道筋が違うようだ」

「あ？　どういうことだ？」

そのとき、石段の下の方から若い娘の声が響いた。

「あいすけさぁ――ん！」

それを聞いた男はぱっと立ち上がると必死な形相で手を振る。

「藍介《あいすけ》さーん！」

娘は下駄の音をカラコロと立てながら駆け上がってきた。はあはあと大きく口を開けて息を継ぎ、肩をせわしく上下させている。若い、というよりは幼い。

「ああ、よかった！　捜しましたよ」

男は娘が近づくとその両肩を摑み、ぐいっと兎月の前へ押し出した。

「ええっと……」

兎月は娘と男を交互に見た。娘は大きく息を吐くと、

「あの、藍介さんがなにかご迷惑をおかけしましたでしょうか？」と心配げな顔をした。

「あ、いや……」

兎月は石段の上に落ちた帳面を拾い上げた。

「ここで絵を描いていたからちょっと声をかけたんだ。そうしたらひどく驚かせたみたいで」

「ああ……」

娘は自分の背中の後ろに身を隠しているような男を見て微笑む。娘はひどく小柄だったので、まったく隠れてはいないのだが。少女の顔に慈母のような表情が浮かんだ。

「すみません。藍介さんは画家なんです。人とお話しするのが不得手で……特に初対面の人とは難しいんです。大人の男の人の大きな声とかも苦手で。何度か顔を合わせれば大丈夫になるんですけど」

「不得手ったってほどがあるだろ」

「そうですね。でもそういう人なんです」

「それは……」と兎月は言いかけて、さっきのツクヨミの言葉を思い出した。

「考え方の道筋が違う……ってそういうことか」

「え？」

「あ、いや、なんでもねえ。わかったよ。そういうやつなんだな」

娘はちょっと目を瞠《みは》った。そのあと疑うようなまなざしになる。

「そういう人だとほんとに思っていただけますか」

「え？　どういうことだ？」

娘は唇を噛《か》むと悲しげな顔になった。

「そういう人だと思ってもらうのが本当に難しいんです。みんな藍介さんがふざけているとか頭がおかしいとか愚図だとか言って、ちゃんとわかってくれないんです。藍介さんはお話しするのが下手なだけで、しっかり物事を考えられるまっとうな人なんです」

娘の背後の藍介は自分のことを話されているのに、そばにいるうさぎの方を見ている。そんな様子はあまり〝まっとうな〟人間には見えなかったが……。

「大丈夫だ。ちゃんとわかったよ」

「ありがとうございます！」

兎月が言うと娘は嬉しそうに笑った。

「藍介さん、大丈夫ですよ。藍介さんのことわかってもらえましたよ」

娘は自分の背中に張り付いている男にゆっくりと言った。そろそろと顔を上げる男に、兎月は口角を持ち上げてみせた。

「俺は兎月だ。この宇佐伎神社のものだ」

「とげ、つ」

「そうだ、おまえは藍介、だな」

藍介はまだ怯えたような顔をしていたが何度もうなずいた。

「あら、藍介さん。こんなにうさぎいたんですか？」

帳面を見た娘が驚いた声を上げる。

「かわいい。このうさぎたちどこにいるんです？　神社で飼ってらっしゃるんですか？」

娘が無邪気に聞く。彼女の周りにはうさぎとツクヨミがいたのだが、見えていないらしい。やはり藍介だけが見えるのだ。

「飼ってはいないがときどき山から来るんだ」

兎月は背後の函館山を指さしてごまかした。「へえ」と娘は額に手を当てて山を見上げる。

「わたし、お鈴《すず》と言います。藍介さんの家の女中です」

お鈴は丁寧に頭を下げた。藍介は今度は本殿の前に座り込んで神社の絵を描いている。

「宇佐伎神社さんのお話は聞いたことがあります。町を火付けから護《まも》ってくださったんですよね」

「偶然だよ、偶然」

去年の暮れの事件のことは函館中に伝わっているようだ。山から降りてきた怪ノモノに取り憑《つ》かれた元武士が、遊郭に火を放って騒動を起こそうとした。それを兎月とツクヨミで防いだ一件、おかげで宇佐伎神社の名が少しばかり知れた。

「あんたみたいな子供があいつの面倒を見ているのか？」

「子供じゃありません。もう十五です！」

言いきった娘に不審げな目を向けると口を尖《とが》らせて白状した。

「……来年十五になります……」

「藍介はいくつなんだ？」

「確か二十五だとご隠居さまがおっしゃってました」

「ご隠居？」

「あ、白波屋《しらなみ》のご隠居でおえんさまです。藍介さんのお弟子さんで、とってもいい方。わたしもおえんさまに雇ってもらったんです」

「白波屋」

その名前は知っていた。炭を扱う大きな問屋で兎月もときどき利用している。

「へえ、白波屋のご隠居は絵を嗜《たしな》まれるのかい」

「はい！　お上手なんですよ。ご本人は六十の手習いとおっしゃってますが花鳥画とかとってもすてきで」

「そりゃ師匠の教えがいいからか？」

「藍介さんはあまり教えたりしませんね。でもお二人で座って静かに絵を描かれているときはまるで親子のようですよ」

おえんは出入りの美術商が持ってきた掛け軸の絵が気に入った。それで工房まで出かけて絵を選んでいたのだが、そこで藍介に出会ったのだという。

「藍介さんの絵をとても気に入られたそうです。その頃藍介さん、火事で焼け出されてしまって工房で寝泊まりしてたんですけど、おえんさまが宝来町《ほうらい》の貸し家を借りて住まわせたんです。わたしは白波屋の奥で働いていたんですが、藍介さんのお世話をするようにとおえんさまに言われて、この春から働いています」

「絵が気に入ったからってそこまで親身になるか？」

兎月はそう思ったが口には出さなかった。六十過ぎの金のある隠居と若い画家。勘ぐればいろいろ下世話な想像もできるが、十四歳の少女に言うことではないだろう。

「主人があぁだと苦労するんじゃねえのか」

兎月は神社を描いている藍介の背中を見て言った。

「つらいのは他の人が藍介さんのことをわかってくれないことです。藍介さんが一番おつらいと思います」

そう言ってぎゅっと結んだお鈴の口元には強い意志が見て取れた。必ず主人を守るのだという決意が表れている。

お鈴と兎月は藍介のそばに行って帳面を覗き込んだ。きれいに描かれた神社の屋根や階《きざはし》、欄干《らんかん》にいくつものうさぎの姿が描かれている。

「あらあ、藍介さん。またうさぎさんですか。今はうさぎさんはいませんよ？」

不思議そうに言うお鈴に兎月は軽く笑いかけた。

「おかしな話じゃねえよ。ここの主神は月読之命。その神使はうさぎだ。藍介はそれを知っててうさぎを描き足してくれているんだ……たぶん」

「へえ、そうだったんですか」

兎月は神社の賽銭箱に目を向けた。上にはツクヨミが座って足をぶらぶらさせている。その姿は藍介の絵の中では光る玉として描かれていた。

「藍介さん、そろそろ帰りましょう。朝ご飯の時間ですよ」

お鈴が藍介の耳元で囁《ささや》く。藍介はこくりと大きく頭を動かすと、立ち上がった。

「じゃあまた遊びに来いよ」

兎月がそう言うと藍介は澄《す》んだ目で見返してきた。

「また、とは、いつ、ですか？」

「いつでも都合のいいときに。気が向いたらさ」

「都合のいいとき。気が向くのは、いつですか？」

「え？　都合も気持ちもおまえのもんだろ」

兎月の言葉に不安な顔をしたのはお鈴の方だった。

「あの、兎月さん――すみません、そうじゃないんです」

　お鈴は藍介の体を強引に自分の方に向けた。

「藍介さん。それでは二日後に来ましょう。夜が二回過ぎて、その次の日ですよ」

「二日後……」

　藍介はうなずき、「二日後に、都合がよくて、気が向きます」と、答えた。

「お、おう。わかった。いつでも――、」

　言いかけて自分を見ているお鈴の視線に気づき言い直す。

「二日後、な。楽しみにしてるぜ」

　兎月ができるだけ優しい調子で言うと、藍介はにこりと笑った。

「お世話に――なりました」

　目はまだ不安が残っていたが、口元には穏やかな笑みがある。兎月はうなずいた。

「じゃあ帰りましょう」

　お鈴が手を差し出すと、藍介はその手をしっかりと握った。お鈴の方が小さいが、まるで姉のようなまなざしで藍介を見守っている。

　うさぎたちが兎月の後ろで飛び跳ねる、その見送りを受け二人は石段を下りていった。

「興味深い人物だな」

　ツクヨミが賽銭箱の上で頬杖をついて呟く。

「ああいう人間はこの世界では生きづらいだろうに、彼の中にはにごりがない」

「そうだな。話ひとつするのも大変だ」

ツクヨミは地面まで届くような長く白い髪を払い、賽銭箱の上から飛び降りた。

「藍介が巫でもないのに我のうさぎたちを見ることができるわけがわかった。普通の人間は見たいものしか見ないし、ないものは見ようとはしない。だがあいつは先入観などなく、対象をまっすぐに見るのだ」

「見たいものしか見ない、か。なるほどな」

兎月はしゃがみ込むとうさぎの小さな頭を撫でた。

「おまえたちも俺やパーシバル以外に姿を見てくれる人間がいて嬉しかったか？」

兎月は足下で跳ね回るうさぎたちに言った。

『アイツ　エマヲカクトイッタ』

うさぎの一羽が伸びあがって言う。

『タノシミ　タノシミ』

『ミンナ　カイテクレルカナ』

今、一羽がパーシバルの姪、リズと横浜《よこはま》へ行っているので、神社にいるのは全部で十一羽。

「そんなに描くのは大変だろう」

兎月がそう言っても、うさぎたちは楽しそうに鳥居の下で絵師と女中が帰ってゆくのを見送っていた。

一

言葉どおり、藍介は二日後にやってきた。次も二日後、その次も二日後。どうやら二日おきに来るつもりになったらしい。

神社に来ると鳥居の前に座って函館の町を描いたり、あるいは境内《けいだい》の玉砂利《たまじゃり》の上に座り込んで神社やその背後の山の姿を描いたりしていた。

絵馬《えま》を渡すとすらすらとうさぎを描いてくれた。自分の姿に大喜びしているうさぎを見て、兎月はよいことを思いついた。大量に絵馬を作ると藍介に渡してうさぎを描いてもらったのだ。それを境内に飾って売ってみる。

するとこれがよく売れた。

兎月は藍介に代金を払おうとしたが藍介はそれを受け取らない。仕方なくお鈴に渡すと、お鈴はこまっしゃくれた様子で肩をすくめた。

「そうなんですよ、藍介さん、自分の絵でお金を稼ぐってことできなくて」

　だから絵は全部工房を通して売っているのだと言う。工房が手数料をとったとしても、煩《わずら》わしい交渉事をしなくて済むので藍介にはありがたいらしい。

「工房の玄介《げんすけ》師匠は藍介さんを子供の頃からかわいがってくださってて、〝藍介の体も魂も絵を描くためのもんだ、それを他のことで煩わせる必要はねえ〟って雑務を全部引き受けてくださってるんです」

「ふうん、藍介にはいい師匠がいたんだなあ」

「本当に」

「そういや藍介の親というのはどうしたんだ？」

　兎月が聞くとお鈴はちょっとためらった様子で唇をなめた。

「……これは玄介師匠からお聞きしたんですけど、藍介さんの親御さんは元は奥羽《おうう》の方で商売されていたそうなんです。でもいろいろ事情があって函館にいらっしゃって、そこで小さなお店を出したらしいんですけど火事で……」

　お鈴は語尾をぼかした。函館を何度も襲った大火で家や家族を失ったものは多い。

「玄介師匠は藍介さんのお父さんと親しくて、焼け出された藍介さんを引き取られたんです。だから藍介さんのご両親に関しては、玄介師匠が聞いた話しかわからないんです」

「そうか。藍介は天涯孤独か」

「あら！　天涯孤独なんて失礼ですよ。藍介さんには玄介師匠もいますし、わたしだって、ご隠居さまだって、それに――小鈴《こすず》だっているんですから」

「小鈴？」

お鈴や隠居の他にも藍介に執心な女がいるのか？　隅に置けねぇなと兎月は目の端で藍介を見る。

お鈴は藍介の下に走って、重なっている帳面を広げた。その中にいくつもの猫の姿が描かれていた。

「これが小鈴。ご隠居さまがどこかからもらってきたんです。藍介さんがご飯をあげて、世話をしています」

「猫じゃねえか」

「猫ですよ。なんだと思ってたんです」

絵の中の猫はさまざまな姿でくつろいでいた。端切《はぎ》れに絡まっている姿などが連続して描かれ、まるで動いているように見える。

「藍介さんは小鈴を抱いていると安心できるのか、この子さえいれば知らない人とでも話をすることができるんです。でもやっぱり猫ですから、必要なときには呼んでも出てこなくて」

「まあ猫だしな」

兎月とお鈴が話している間、藍介は賽銭箱の上に座っているツクヨミを描こうと苦労していた。形がはっきりしないらしく、細い腕や足がバラバラに描かれている。

お鈴のいないところで兎月とツクヨミはその絵を見た。

「うさぎは見えるのにツクヨミは見えないんだな」

「我の威光が強すぎるのだな」

「俺には毛虫の親玉みたいな姿がはっきりと見えるのに」

「誰が毛虫だ！」

二日おきにきっちり一刻、藍介は絵を描くと帰っていく。最近では兎月とやや長めの会話もできるようになった。

別の日には、藍介は見知らぬ年輩の女性を連れてきた。白波屋のご隠居、おえんだと兎月にはすぐにわかった。

ご隠居というわりには髪は黒々としており、かっぷくがよく丈夫そうな女性だった。

白波屋は早くに旦那が亡くなって、おえんが一人で切り盛りしてきたと聞く。帳場を回し、使用人を使い、自分で炭俵《すみだわら》も運んだのかもしれない。女性にしてはがっしりと太い腕や意地の強そうな四角い顎は長年そうやって培われたのだろう。

おえんは兎月に挨拶し、神社にも丁寧にお参りをしてくれた。

「藍介さんに親切にしてくださっているようで」

と、ちょっと驚くほどの賽銭もくれた。

藍介の隣にしゃがんで彼の描く絵を見守る姿は、親子というより祖母と孫のようで微笑ましいな、と兎月は思った。

藍介とお鈴、あるいはおえんは宇佐伎神社の朝のもうひとつの風景となった。

兎月は藍介が来ても特に話しかけはしなかった。藍介は木々や花と同じようにそこにいて、彼が見えるものを描いている。時折背後に立って描いているものを見ると、今まで自分が見てきたものを一新させられるような気がした。

藍介の見ているものは美しい。見慣れた神社の木鼻《きばな》ひとつとっても、こんな表情をしていたのかと感心する。

そんな穏やかな時間が突然破られた。兎月が山から水桶を持って下りてきたとき、いつも静かな境内にけたたましい言い争いの声が響いていたのだ。

『トゲツ　トゲツ』

　うさぎたちが本堂から飛び跳ねてきた。

「なんだ、うるさいな。どうしたんだ」

『シラナイオトコガ　オエント　ケンカシテル』

「ああ？　おえんさんはばあさんだぞ。誰が喧嘩《けんか》なんぞ」

　言いながら本堂の前に回ると確かにおえんと中年の男が言い争っていた。そばには藍介もいるが、耳をふさいで目を固く閉じている。すぐ近くにツクヨミも立っていて困り果てている様子だった。

「あ、兎月」

　うさぎに教えられ兎月が戻ってきたことに気づいたツクヨミが駆け寄ってきた。

「どうしたんだ、何者だあいつ」

「どうやらおえんの息子のようなのだ」

「息子？　じゃあ白波屋の主人か」

　がっちりした体型のおえんの息子らしく、こちらも大柄で逞《たくま》しい男だ。おえんが炭俵をひとつ担ぐのなら、三つは運べるかもしれない。

　太く黒い眉に四角い鼻。顔はおえんとはあまり似ていなかった。

「おい」

兎月は男がおえんの腕を摑んだところで声をかけた。

「うちの参拝者になにをしている」

男はこちらを振り向き、ぎょっとした顔になった。だがすぐにその頰に嘲笑の笑みが浮かぶ。ひょろりとした薄っぺらい体軀の兎月など恐るるに足らずとでも思ったらしい。

「ほっといてくれ。ただの親子の話だ」

「親子だっていうならなおさらだろ。自分のおふくろの腕を折るつもりか」

兎月はスタスタと二人に近寄り、息子の腕を軽く摑んだ。そのままぐいっと下に引き下げる。

「いたたっ！」

息子が悲鳴を上げて母親の腕を放した。

「コツがあるんだよ。こっちに引っ張ると思ったより痛いんだ。それでこうすると、」

兎月は腕を放さず今度は別の方向に引いた。同時に足を払ってやる。とたんに大きな体が地響きを立てて地面に倒れた。玉砂利があちこちに撥《は》ねる。

「な、なにをする！」

「こっちのせりふだ。神社の境内で母親のいやがるようなことをするな」

「俺は！　おふくろに白波屋の隠居として恥ずかしい真似をするなと注意に来たんだ」

「恥ずかしい真似？」

「そうだ、いい歳をして三十も下の男に入れあげて――それもこんなうすらばかの――」

息子はうずくまったままの藍介を蔑《さげす》むような目で睨《にら》む。

「おい」

兎月は水を汲《く》んできた天秤棒《てんびんぼう》の先を息子に突きつけた。

「なんといった」

「……っ」

息子がひっと息を呑む。

兎月は藍介を見た。まだ耳をふさぎ目を閉じている。そうしていれば自分の姿を隠せているとでも思っているのか。

(仕方がねえ。藍介はそういう性質じゃないんだからな)

うさぎたちが怒って男の周りを飛び跳ねているが、どうすることもできない。それと同じだ。

「藍介もおえんさんもここで静かに絵を描いているだけだ。おまえが思ってるような恥ずかしい真似などしていない」

「若い男の家に通うことが恥ずかしくないと思っているのか！」

「徳一《とくいち》、もうおやめ！」

おえんが声を上げた。だが息子の徳一は止まらないようだった。

「周りになんと言われているのか知ってるのか！　炭屋のばばあの色狂い、俵の中はまっかっか——だ！」

それを聞いておえんはうつむいた。首筋が赤く染まっている。

「だったら息子のあんたが一番母親をかばってやらなきゃなんねえだろ！　おえんさんは純粋に絵を習いに来ているだけだ！」

そう言ったとき、おえんは初めて兎月を見上げた。その表情はどこか痛みをこらえているようで、兎月はかすかな違和感を覚えた。

「くそっ」

徳一は立ち上がると逃げるようにして境内から去った。あとにはうずくまるおえんと丸まったままの藍介が残された。

「おえんさん、大丈夫か？」

「ええ、ええ」

おえんは地面についていた手を軽くはたいた。

「大丈夫でございますよ、ありがとさんでございます」

「息子さんに手荒な真似をして悪かったな」

「いいえ。それより今の教えてくださいましよ。どうやってあのでかい倅《せがれ》をひっくり返したんです？」

おえんは楽しげな顔で聞いてきた。

「え？　ああ、相手の力を利用するんだよ。こう力をこめてきたらこう――」

「あら、こんな簡単なことで」

兎月とおえんが話している間に藍介も落ち着いたらしい。顔をおそるおそるこちらに向けてきた。

「大丈夫ですよ、藍介さん。藍介さんに怖いことはなにも起こりませんからね」

おえんが優しく言うと、藍介は小さくうなずく。

「ご、ごめんなさい、ご隠居さん……」

「大丈夫ですよ。さあ、絵の続きをしましょう」

藍介が再び筆をとったのを見て、おえんは安堵《あんど》の息をついた。

「倅はあんたを追いかけてきたのか？」

兎月は藍介の背後で絵を見ているおえんに話しかけた。

「そうみたいですよ。家でもしょっちゅうやりあっているのに足りないらしくて」

「藍介の家に押し掛けてきたりしねえのか？」

ふと不安になって尋ねてみた。家に怒鳴り込んできたら藍介にはなすすべがないだろう。あの様子では暴力も振るいかねない。

「安心なさって。あれは藍介さんの家までは来ませんから」

おえんはそんな兎月に笑顔を歪めるようにして言った。

「そうなのか？」

「ええ、来られないわけがあるんですよ」

おえんは母親らしからぬ嘲《あざけ》るような笑みを見せた。それは兎月を少し居心地悪くさせるような嗤《わら》いだった。

二人が鳥居の下に行ったので、兎月は汲んできた水を瓶《かめ》の中に入れる作業を始めた。

「助かった、兎月」

ツクヨミは力を抜いて兎月の膝に寄りかかった。

「いや、遅くなって悪かったな」

「急に現れて怒鳴り出したのだ。藍介は亀の子のようになってしまうし、おえんもかなり言い返してはいたのだが」

今は何事もなかったかのように静かに絵を描いている二人だ。

そんなおえんが暦の変わる頃急死した。それも信じられないような死に方で――。

二

その日は朝から生ぬるい細かな雨が降り注いでいる天気だった。なのに、傘をさして藍介とおえんがやってきた。藍介には雨が降っているから面倒臭いとか、出かけたくないとは存在しないらしい。決めたことはどんな困難があってもやり遂げる。

さすがに地面に座り込んでは濡れてしまうので、兎月は藍介を本堂の軒《のき》の下に連れていった。藍介は階の一番上に座って、雨にけぶる鳥居を描き出した。

「おはようございます、兎月さん」

おえんは軒下で傘を畳むと頭を下げた。

「おはよう、おえんさん。大変だな」

兎月の言葉におえんは頬にしわを刻んで微笑んだ。着物の裾も下駄も濡れていたが、気にしていないようだった。

「お参りさせていただきます」

おえんは本殿に向かって両手を合わせた。いつもより長い時間目を閉じている。

兎月はそばに立つツクヨミをちらりと見た。ツクヨミは人の祈りがわかるのだ。彼の幼い唇はきゅっときつく結ばれていた。あまり楽しげな願いではなさそうだ。

やがておえんはふうっと息をついて頭を上げた。

「ずいぶん熱心だったな」

兎月は声をかけてみた。おえんの顔は水の面のように静かで感情は浮かび上がっていない。

「ええ。ちょいと一大決心をしましたんでね」

「一大決心？」

「白波屋と縁を切ろうかと思いましてね」

ちょっとそのへんに散歩に行く、というような調子でおえんは言った。さすがに兎月は驚いた。

「縁って……今だって悠々自適の隠居だろう？」

「あたしはねえ、白波屋が大嫌いだったんですよ」

おえんは苦い笑みを浮かべ驚くようなことを言った。

「聞いてもらえますか、兎月さん」

おえんはゆらゆらと境内を歩き、鳥居の下まで行った。麓に広がる漏斗《ろうと》のような形の函館の町を見下ろす。

「親の言いつけで泣く泣く白波屋に嫁いだんですけど、旦那というのが〝飲む打つ買う〟のクズでしてね。先代が亡くなったとたん本性を現しやがった。

酒を飲んでは店で暴れ、博打《ばくち》のために店の金を持ち出し、平気でよその女を家に入れるようなやつだったんです。あいつが店を継いでからはどんどん商売はだめになって、ほんとに店を畳むかというところまでいったんですよ。でもまあ旦那が早めに死んでくれたんでね、そのあとはあたしが必死に立て直してここまできたんです。

息子にはあの父親の血が流れていますから、それはもう厳しく躾《しつ》けましたよ。手を上げたことも何度もあるし、庭の松の木に縛りつけたことだってありました。おかげで充分店を任せられる人間になりました。

これでおしまい。ずっとずっと、白波屋に縛られた人生でした。あたしは店を出て、あとは自由に暮らしたいんです」

長い話が終わり、おえんの張った肩が荷を下ろしたかのようにゆっくりと下がってゆく。実際、背負ってきたものを今下ろしたのかもしれない。

「家を出て、どうするんだ。どこか行く当てはあるのか」

「金は十分にもらっていきますからね、どこかに空き家でも借りるか、……そうですね、そばで藍介さんちの女中にでもなりましょうかね。ずっと藍介さんと一緒に暮らして、そばで絵を眺めているのも楽しいでしょう」

　それは男女の仲という色のある言葉ではなかった。穏やかで優しさに満ちた声で紡がれていた。

「おえんさん、あんたは――」

　ふと脳裏をかすめた疑問を兎月が口にする前に、藍介が手を上げておえんを呼んだ。おえんは兎月に頭を下げて小走りで藍介のそばに寄る。

　顔を寄せて藍介の絵を見る嬉しそうな顔には、なんの邪気もなかった。

「ツクヨミ……おえんさんが祈っていたのはそういうことだったのか？」

　兎月はそばに佇《たたず》む小さな神に呟いた。

「いや」

　ツクヨミは短く答えた。

「おえんは藍介の幸福ばかり祈っていたよ」

　雨は午後になっても降りやまなかった。神社の屋根も玉砂利もしとどに濡れ、うさぎたちも水気を嫌ってか、本堂から出てこなかった。

　兎月は厨《くりや》の中でツクヨミと一緒に寝ころんで最近流行の読本を読んでいた。

「おい、速いぞ」

　頁《ページ》をめくると一緒に誌面を見ていたツクヨミが文句を言う。

「おまえが遅いんだよ」

「もう少しゆっくり読ませろ」

「面倒くせえな。俺が読んだあと自分で読めよ」

「逆だろ、我が読んだあと、おぬしが読めばよい。我はおぬしの主《あるじ》だぞ」

「うるせえな！　だったら最後の場面だけ読んでやる！」

「な、なんと！　それは非道だ、人の道に外れる外道な行い！」

　などとしょうもない諍《いさか》いを楽しんでいたときだ。

「兎月さん、兎月さん！」

　悲鳴のような少女の声が厨の外で響いた。

　兎月とツクヨミは顔を見合わせた。

　厨から出るとそこにはびっしょりと雨に濡れたお鈴が立っていた。髪は大きく乱れ、今にも倒れそうなほど青い顔をしている。

「どうしたんだ、お鈴」

お鈴はよろよろと兎月に寄ると、積み木を崩すように倒れた。その体を抱き留める。

「おい！　しっかりしろ！」

「と、兎月さん……」

兎月の腕の中でお鈴は喘《あえ》いだ。まるっきり呼吸ができないように口を大きく開く。

「たすけてください……あいすけさんが……つかまった……」


兎月はお鈴を背負って石段を駆け下りた。言葉の断片から藍介が警察にひったてられたとわかった。しかも容疑はおえん殺し。

「まさか」

信じられない。つい今朝ほど仲むつまじい姿を見たばかりだ。

「わ、わたしだって信じられませんっ！　でも、買い物から戻ってきたらご隠居さまがお部屋で死んでて！」

兎月におぶさったお鈴が泣きながら叫ぶ。

事の次第はこうだ。

お鈴は夕飯の買い出しにいつもより早く出かけた。夕方になったら雨が激しくなるだろうと予想したからだ。小鈴の姿はどこにもなかった。雨だから部屋のどこかで丸くなっているのだろうと気にしなかった。

藍介は昼寝の時間だった。いつも九つ半から八つ半頃まで部屋で横になっている。おえんは朝、藍介と神社に来たあと、いったん家に戻った。午後にもう一度来る予定になっていた。

藍介が昼寝をすることはおえんも知っているので、彼が一人で寝ているときは勝手に家にあがり絵を描いている。

お鈴もご隠居がいてくれれば安心なので、雨の中じゃのめをさして買い物に出かけた。

「藍介さん、ご隠居さま、ただいま戻りました」

手ぬぐいで濡れた足を拭き、名を呼びながら部屋にあがった。部屋数は多くない。いつも藍介が絵を描いている部屋にそのまま向かうと、畳の上に投げ出された足があった。

「ご、ご隠居さま！」

あわてて駆け寄って悲鳴を上げた。おえんは白目をむき、青黒く腫れあがった舌を出して横たわっている。

「ひい……っ」

恐怖で膝に力が入らず立てなかった。手を使って這《は》いずるようにして部屋を出て、いつも藍介が寝ている部屋へ向かった。

「あい、すけさん……っ、藍介さん……！」

名を呼びながら滑り込むように部屋に入ると、藍介が布団をかぶって丸まっている。

「藍介さん、ご隠居さまが！」

お鈴は藍介の布団をはがそうとしたが、藍介はそうされまいと摑む。それで彼女はおえんの死を藍介が知っていることに気づいた。

「なにがあったんです！　なんでご隠居さまは死んでるんですか！」

大きな声で責めるような口調、それが藍介にとっては厳禁だということを知っていたのに。藍介は頑《かたく》なに布団から出てこなかった。

お鈴は諦めて外へ飛び出した。近所に行っておえんが家で死んでいると伝えた。その家のものがすぐに医者と警察を呼んでくれて、そのあと来た警察が布団をかぶったままの藍介を連行していってしまった……。

「わたし、わたし、とんでもないことをしちゃったんでしょうか？　藍介さんが連れていかれるなんて思いもしなかった！　藍介さんをひどい目に遭わせてしまう」

兎月の背中でお鈴が泣きじゃくる。その体を揺すり上げ、兎月は雨の音に負けないように怒鳴った。

「話を聞かれるだけじゃねえのか？　藍介はご隠居が死んだとき家にいたんだろう？」

「でも警察は藍介さんを犯人扱いで！　藍介さんは警察の人にちゃんと話せませんし」

「そうかもな。とりあえず警察に俺の知り合いが勤めている。そいつに聞いてみよう」

懐からうさぎが顔を出す。神使のうさぎにツクヨミが入ると実体を持ち神社から出ることができる。ツクヨミ単体だと神社からは離れられないからだ。

「黒木《くろき》に聞くのか」

黒木は以前、曲馬団で忍者として芸を見せていた男だ。曲馬団との契約を終え、江戸《えど》に帰る予定がどういう手段を使ったのか、今は函館警察の巡査になっている。

「あいつに借りを作るのはシャクだが他に手がないしな」

背中で泣きじゃくっているお鈴は独り言としか思わないだろう。

「藍介に人殺しができるなんて思えねえ」

「そうだな」

函館警察署は明治五年に邏卒《らそつ》本営として寺町《てら》に置かれ、その五年後函館警察署と名を改めた。しばらくして大火に遭い、明治十四年、十七年と移転することになるが、それは未来の話。今は元町《もと》にある函館支庁の中に仮住まいとなっている。

その函館支庁に初めてやってきた兎月は驚いた。五稜郭《ごりょうかく》にあった函館奉行所《ぶぎょうしょ》が櫓《やぐら》もそのままに移築されていたのだ。

赤っぽい瓦屋根も同じだ。真ん中にある櫓に上ったこともある。以前五稜郭に行ったとき、幻の奉行所に取り込まれたことがあったが、やはり実在している建物を目の前にすると、襲いかかってくるかのように郷愁が湧く。

「うわ、懐かしいな」

思わず着物の胸元をぎゅっと握りしめ、兎月は息をひとつついた。うさぎが少し心配げな赤い目を向けてくる。

「……大丈夫だ」

警察署は奉行所内部にある長屋の中にあるということだが、気軽に入れるような雰囲気ではない。

入り口で黒木を呼び出してもらうと、巡査の制服の前をだらしなくはだけた黒木があくびをしながら出てきた。

「なんだよ、めずらしいな。うさぎの」

黒木は少女を背負ってびしょ濡れの兎月に面白いものを見るような目を向けた。

「カミサマも一緒かい」

懐にいる白うさぎを見てちょっと驚く。

黒木は兎月が宇佐伎神社の用心棒として山から下りてくる怪ノモノを退治していることを知っている。ツクヨミや神使を見ることはできないが、うさぎの中にツクヨミが入っていることは教えておいた。

「頼みがあるんだ」

「ますますめずらしいな」

黒木は顎をしゃくると警察の裏に作られた厩舎《きゅうしゃ》に兎月たちを誘《いざな》った。

「ついさっき藍介という絵描きが捕まったはずだ」

「ああ、知ってるぜ。白波屋の隠居を殺したってやつだろう？」

その言葉にお鈴がびくりと肩を震わせた。

「藍介が殺したはずはない。会わせてもらえねえか」

「ああ？　だがあいつは白状したぞ」

「まさか」

「そ、そんな……」

お鈴はよろめき、そのまま厩舎の床にしゃがみ込んでしまった。

「藍介が白状したってどういうことだ。あいつはまともにしゃべれねえはずだぞ」

「ああそうだな。なにを聞いてもこっちの言うことを繰り返すだけだった」

「じゃあどうやって白状させたんだ」

「取り調べを担当した俺の上官の笠来《かさぎ》ってやつがな、自分の言ったことを繰り返させたのさ。〝私がやりました〟って」

「そりゃイカサマじゃねえか」

黒木は肩をすくめた。

「俺もそう思ったよ。笠来は仕事を早く終わらせることしか考えてねえ、情のないやつなんだ」

黒木は吐き捨てるように言った。

「に、しても。あの藍介ってやつ、なんにも話さねえからこのままだとまずいぜ」

「藍介さんは上手に話すことが苦手なだけなんです！」

お鈴はそう叫ぶとわっと泣き出した。兎月はそんなお鈴の背を撫でて慰めながら、黒木に藍介の事情を話す。黒木は耳を傾けてうなずいた。

「曲馬団にもそういうやつがいたよ。他人とうまく話せなくて、だけど道具の手入れに関しちゃ一級の腕を持っていた。団長は一芸に秀でてればどこかおかしなとこがあっても雇っていたからな。藍介ってやつもそういう類《たぐい》なんだろう」

「そうなんだ。藍介は才能がみんな絵にいっちまったんだ」

「しかしまともに話せないのはやっかいだな」

「……小鈴がいれば……」

顔を覆った両手を離し、お鈴が呟く。

「小鈴がいれば藍介さんはちゃんと話せるかもしれません」

「小鈴？」

「猫だよ、藍介の飼っている猫。そいつを抱いていればまともに話せるらしい」

黒木はちょっと考えているようだったがやがてお鈴の前に膝をつき、目線を合わせた。

「おめえは藍介ってやつのなんなんだ？」

お鈴は黒木の巡査の格好に気圧《けお》されるように身をすくめた。

「わ、わたしは藍介さんの女中です。鈴って言います」

「ああ、仏さんを発見したって娘だな」

「はい」

「じゃあ中に入ってくれ。発見したときのことを詳しく聞きたい」

お鈴は怯えた顔で兎月を振り返った。

「俺も一緒に行っていいか？　こんな娘をおまえたちみたいな強面《こわおもて》の中に放り込めるか」

兎月が言ったが黒木は首を振った。

「関係のないやつはだめだ。それに、娘一人なら藍介にも会わせられる。藍介の家の女中というなら、やつの着替えとか持ってこられるだろ？」

「藍介さんに会えるんですか⁉」

お鈴は立ち上がろうとした。兎月は腕を貸してその体を支えた。

「じゃあ、じゃあわたし、行きます……」

「大丈夫か？」

「はい……」

お鈴はぎゅっと兎月の腕を握った。

「待っててもらっていいですか」

「ああ、もちろんだ」

兎月はお鈴を黒木に渡した。

「お鈴をひどい目には遭わせねぇな？」

「当たり前だ。警察は市民を守るためのもんだぜ」

黒木は馴《な》れ馴れしく兎月の肩に手を置いた。

「仕事が終わったら満月堂《まんげつどう》に菓子を買いに行きたいんだが、つきあってくれるか？」

「何度行ったってお葉《よう》さんに脈はねえぞ」

兎月はむすりと言葉を投げつけた。

黒木が江戸に戻らなかったのは、満月堂のお葉に出会い、本人が言うところの一目惚《ひとめぼ》れをしてしまったからだ。巡査になってまで函館に残ったのはそのためらしい。

「男なら押しの一手だろ」

黒木はにやりと笑うと片目をつぶった。


警察署の前で小一時間ほど待つ間に雨があがった。気温は低かったが太陽が出て青空が覗く。兎月はぶるるっと頭を振って水を飛ばした。うさぎも顔を出し、湿った毛を乾かそうとした。

やがて黒木とお鈴が出てきた。お鈴は目を赤くしてしゃくり上げている。

「おい、黒木！　約束が違うぞ」

兎月はかっとなって黒木に摑みかかろうとした。黒木はそれをさっと躱《かわ》し、「誤解すんな。なにもしてねえよ！」と叫ぶ。

「お鈴が泣いてるだろうが」

「藍介と会ったからだよ」

兎月はお鈴の肩に手をかけた。お鈴は目を擦《こす》って涙を止めようとしていた。

「藍介はどうしてた」

「藍介さん……牢屋に入れられてて……ひどい……怪我《けが》をしてて……とっても怯えてて」

兎月はじろりと黒木を睨んだ。

「笠来とその部下が白状させようと殴ったんだ」

黒木はきまりが悪そうな顔になった。

「そんなことしたら逆効果だろ。ますます話せなくなる」

「だから、殴られたくなければこう言えって自白させたんだよ」

「市民を守るが聞いて呆《あき》れる」

兎月は何度も目をしばたたかせているお鈴の前にしゃがんだ。

「藍介はおまえを見てなにか言ったか？」

お鈴は首を横に振った。

「すごく怖がってて……なにも……。わたし、藍介さんの着替えを取りに行かなきゃ」

「おまえ自身は警察になにを聞かれた？」

「ご隠居さまを見つけたときのことと、藍介さんとご隠居さまの関係……藍介さんのことも聞かれました」

「藍介がまともに話せないことは？」

「言いましたけど」

お鈴はちらっと黒木を見上げた。黒木は首を左右に振った。反論したそうに口元が歪んでいる。

「信じてもらえませんでした。藍介さんは頭がおかしい、だからご隠居さまを殺したってそう決めつけていて」

わあっとお鈴はまた泣き出す。

「あい……っ、藍介さんは……わたしたちと同じです……っ、なのに、なのに動物みたいに蹴ったりこづいたり、バ、バカにしたりして……っ！　ひどい、ひどいです！」

兎月は黒木に目を向けたが、巡査はそっぽを向いて言った。

「仕方ねぇだろ、あいつは自分からは話さねえんだから」

「藍介はどうなるんだ」

「しばらくは牢で臭い飯を食うことになるな。奉行所時代はお白州《しらす》で奉行の裁きだったが今は裁判というのがある。ただ裁判を行える人間が不足しているから順番待ちだ」

「つまり――しばらくは一人で静かにできるってことだな」

「まあそうだ」

「そうすると藍介が落ち着くのを待つことができる」

兎月は懐に手を入れてツクヨミうさぎの頭を撫でた。うさぎはもの問いたげな顔を兎月に向けた。

「藍介が落ち着けばちゃんと話せるんじゃねえのか？」

「でも……また怖い人たちに囲まれたら」

お鈴がしゃくり上げながら言った。

「そのために藍介に薬を持たせよう」

「おくすり……ですか？」

「小鈴だ」

三

兎月はお鈴と藍介の家に向かっていた。小鈴を迎えに行くためだ。雨があがったあとの道にはいくつも水たまりができていて、兎月たちが駆け抜けると大きく水飛沫《みずしぶき》があがった。

「でも大丈夫でしょうか？」

お鈴は細い足をしているのに兎月に遅れずについてきていた。

「黒木が説得してくれる。あいつの他にも藍介の態度に疑問を持った同僚がいるそうじゃねえか。警察の正義とやらに少し期待してみよう」

「でも」

目の前で藍介に対する非道な態度を見たお鈴は懐疑的だった。

「ほんとにひどかったんですよ」

「わかったわかった」

藍介の家に入るとお鈴が猫の名前を呼んだ。兎月はおえんが死んでいたという部屋に入ってみた。

まず目に付いたのは、外れて畳の上に倒れた襖《ふすま》とそれに空いている大きな穴だった。

「お鈴」

兎月は女中を呼んだ。

「兎月さん、小鈴がどこにもいません」

お鈴は泣きべそをかきながら駆けてきた。

「お鈴、この襖はどうした？　警察がやったのか」

兎月は外れた襖を指さした。

「あ、いいえ。帰ってきたときにそうなってました」

「じゃあこれはおえんさんが死んだときにやったのか」

黒木の話ではおえんさんは首を絞められたという。苦しんでもがいて襖に当たったのかもしれない。しかし骨組みまで割れている。ずいぶんと勢いよく倒れたらしい。

「それからこれもおえんさんが死んだときのままか？」

もうひとつ目に付いたのは、畳に散らばる端切れだった。どれも鮮やかな色あいの端切れで手のひらくらいの大きさしかない。

「はい、こんなふうに散らばってました。これはご隠居さまの縮緬《ちりめん》です」

「裁縫かなんかしてたのか」

「はい、ご隠居さまは最近ずっとこれを作ってらして――」

お鈴はしゃがんで畳の上から小さな布袋を取り上げる。

「なんだ、守り袋か」

そのときお鈴ははっと顔を上げて兎月の前から走り出した。

「小鈴！」

縁側に出て立ち尽くす。つま先立って生け垣の青い葉の群れに目をやっていた。

「ああ……今、いたのに」

「わかった。小鈴は俺が捜す。おまえは藍介の着替えを持っていってやってくれ。黒木を呼べば話を聞いてくれる」

「わかりました――小鈴は真っ白な猫だからすぐわかると思います」

「よし、任せておけ」

兎月は外へ出ると懐からツクヨミを引っ張り出した。首筋を摑まれるのが気に入らないらしく、両足で兎月の胸を蹴飛ばす。

「聞いてたな、白い猫だ」

「それを捜せばいいんだな」

ツクヨミはうなずいて空を見上げる。青い空の白い雲の間に神使のうさぎたちが白い筋を引いて飛び交っていた。

「頼むぞ！」

兎月が声をかけるとすぐにいくつも声が頭に響いてきた。

『オマカセ！』

『オカマセ！』

『スグミツケル！』

『――イタゾ！』

たちまちうさぎが兎月に呼びかけてきた。

「どこだ!?」

『テラノ　スギノキノウエ』

走り出そうとするともうひとつ声が上がった。

『コッチニモ！』

「なんだと!?」

『トオリノ　テンスイオケノトコ』

『コッチニモ　イル』

「おい！　いい加減にしろ、白いやつだぞ！」

兎月が怒鳴るといっせいにうさぎたちから返事があった。

『コッチ！』

「……くそう……っ」

通りの真ん中で兎月は立ち尽くす。北から南から西から東から、神使たちの声がする。

「とりあえず全部回ってみよう」

ツクヨミがなだめるように言った。

「我の神使たちは人の世のものには触れられぬ」

「結局捕まえるのは人力かよ」

兎月は舌打ちすると、まず寺に向かって駆け出した。


「……全部、違います」

なんとか五匹の白猫を捕まえて、それを全てかごに入れて警察まで持ってきた兎月に、お鈴は申し訳なさそうな様子で言った。

「なん、だと」

兎月の顔も腕も手も猫のひっかき傷や噛み傷だらけだ。捕まえてかごに入れ、途中で逃げ出したのを追いかけて水たまりに突っ込んだせいで泥だらけになってしまった。

こんなに苦労したのに全部違うとは。

「……」

「兎月さん、大丈夫ですか……」

気遣うお鈴に兎月は大きく息をつくと、ぶるっと頭を振った。

「――ああ、大丈夫だ。そっちはどうだ」

「藍介さんはまだなにも話してくれません。壁の方を向いてわたしのことも見ません」

お鈴は悲しそうに言った。兎月はお鈴と一緒に来た黒木を見たが、彼も両手を広げてみせるだけだ。

兎月はかごを開けて猫を逃がした。猫たちはにゃあにゃあと兎月を非難しながら走ってゆく。

「白い猫という他に特徴はないのか。尻尾《しっぽ》だけが黒いとか鈴をつけているとか」

猫たちの尻尾を見送った兎月が唸《うな》ると、お鈴は首をすくめて小さな声を出した。

「ええっと、右の後ろ足の先だけが黒いです」

「右の、後ろ足の先が、黒いんだな！」

それを聞いて再び通りに出る。

「猫の居場所がわかっても俺一人で捕まえるのは無理だ。大五郎《だいごろう》に応援を頼もう」

空では相変わらずうさぎたちが跳ね回っている。彼らも藍介を助けたいのだろう。

「そうだな、うさぎたちから聞いたのをおぬしが指示を出せば動いてくれるだろう」

ツクヨミも賛同した。兎月は濡れた着物の裾をばさばさと撥ね上げながら走り出した。

大五郎組は函館山の麓の町辺りを縄張りにしているヤクザだ。組長の大五郎は兎月が怪ノモノを斬って函館の町を護っているのを知ってから、組を挙げて兎月を手伝ってくれている。

大五郎組が見えるところまで来ると、軒下に男がしゃがみ込んでいる背中が見えた。

きゃしゃな体つきから辰治《たつじ》だとわかった。

大五郎組で一番若い下っ端だが、気が利いて足が速いので兎月は重宝して使っていた。

「おい、辰治。なにしてんだ」

背後から声をかけると辰治がにやけ顔で振り向いた。

「あ、うさぎの先生」

その辰治の手元で猫が腹を見せて前足や後ろ足をにゃごにゃごと動かしている。

その猫は――白かった。

「おい辰治……」

兎月はごくりと息を呑んだ。

「その猫、おまえのか」

「いいえ、ふらっと来たんですよ。かわいいですよね、人慣れしてて」

辰治はとろけそうな顔をして猫の腹をくすぐっている。猫は辰治の手に腕を回したり、尾を絡めたりしていた。

「猫の足――後ろ足の先は……」

「足の先？」

辰治は猫の後ろ足をひょいと摑んだ。拳の中から飛び出しているのは黒い足の先だ。肉球まで黒い。

「珍しいですよね、片足だけ黒くて。他の足の肉球は桃色なのに、ここだけ黒いし」

「こいつだ！」

兎月は辰治の手から猫を奪い取った。

「小鈴！　おまえ、小鈴だな！」

猫はぎゃあっと悲鳴を上げて前足で兎月の顔を思い切りひっかいた。


「ああっ、小鈴！　小鈴！」

お鈴は叫んで小鈴を抱きとった。その白い頭に顔を埋《うず》め、涙を零《こぼ》す。

「どこへ行ってたんだよ、藍介さんが大変なときに！」

「見つかって、よかった」

額から鼻の先にひどいひっかき傷を作った兎月は顔をしかめながら言った。

「黒木、藍介に猫を抱かせてやれねえか？」

「わかった。今は笠来がいねえからおまえも入れてやるよ」

黒木はそう言って兎月を裏口から入れてくれた。

警察署の中は湿っぽくひんやりとしている。廊下で何人かの巡査に出会ったが、黒木が挨拶すると誰もなにも言わずに通してくれた。

藍介が入れられている牢は、石造りの部屋に木製の格子がはまっている。藍介は牢の奥に壁の方を向いて座っていた。

「藍介さん、藍介さん」

お鈴が小さな声でそっと呼んだ。

「わたしです、鈴です。藍介さん」

「藍介、俺だ。兎月だ」

兎月もお鈴の肩越しに呼んだ。藍介はようやく振り向いたが、二人の背後に立っている黒木の姿に怯えた顔をした。

「黒木、その服を脱げ」

藍介の目が黒木の制服に向いていると気づいた兎月は低い声で言った。

「怖がってる。巡査たちにひどい目に遭わされたんだろう」

「わかった」

黒木はあっさり言うとさっさと制服を脱いで白いシャツだけになった。

「ほら、藍介。こいつはもう巡査じゃねえよ。俺の知り合いなんだ」

「黒木っていうんだ。よろしくな」

黒木はにこりと笑ってみせた。そうするといきなり愛嬌《あいきょう》のある顔になる。

藍介はしばらく緊張した猫のように体を強張《こわば》らせていたが、やがてゆっくりと肩から力を抜いた。

「お鈴ちゃん……兎月さん……」

藍介は名を呼ぶと、格子まで膝で這ってきた。

「藍介さん、ほら、小鈴も来てますよ」

お鈴が風呂敷包みを開けると白い猫が顔を出した。藍介の顔がくしゃくしゃと歪む。

「小鈴」

猫は格子をくぐって藍介の手に頭を擦《す》りつける。藍介は小鈴を抱きしめるとその頭に鼻を埋め、すうはあと匂いを嗅いだ。

「藍介、落ち着いて話せるか？」

兎月が言うと藍介は目だけを兎月の方へ向けた。

「おえんさんが亡くなったことはわかっているか？」

藍介は痛みをこらえている顔でうなずく。

「おまえにおえんさん殺しの疑いがかかっていることもわかるか？」

今度もうなずく。

「疑いがかかっているのはおえんさんが亡くなったとき、おまえがあの家にいたからだ。だけど俺もお鈴もおまえがそんなことをしたとは思っちゃいねえ。だから藍介、おえんさんが死んだとき、他に誰かいたはずなんだ」

藍介はじっと兎月を見つめ、もう一度猫の匂いを吸い込んだ。

「誰か、いなかったか？　誰かを見なかったか？」

「見なかった、です」

藍介は小声で答えた。まるで誰かに聞かれるのを恐れるように。

「見なかったのか」

兎月は舌打ちした。それでは誰もいなかったということになる。

そのとき懐の中のうさぎが動いた。兎月を見上げて自分の耳や鼻を前脚で押さえる。

その仕草に兎月はあっと思った。

「それじゃあ音は？　音や声、それに匂いは？　知らない匂いがしなかったか？」

「……声は、聞きました」

兎月は黒木を振り返った。黒木はうなずく。

「誰の声だった？」

つい気が焦って強い口調になった。藍介は怯えを目に乗せ、すがるようにお鈴を見る。

「大丈夫ですよ、藍介さん」

お鈴は笑顔をつくってみせた。

「兎月さんが助けてくれます。藍介さんが聞いた声、教えてください」

藍介は小鈴の頭に頬を擦りつけた。小鈴は小さな舌で藍介の解《ほつ》れた髪をなめる。

かなりの努力をして、ようやく藍介は言葉を絞り出した。

「……あの声は、知ってます。あれは、……おえんさんの息子の徳一さんの声です」


藍介の証言をとったあと、兎月とお鈴は警察署の前で黒木を待っていた。

もう一度上官の笠来の前で藍介に証言させる、と黒木は言った。お鈴も兎月も心配だったが、藍介が話してみると言ったのであとは黒木に任せた。

「藍介さん、ちゃんとお話しできるでしょうか？」

「黒木には上官に怒鳴らせるなと言っておいたがな」

兎月の懐のうさぎも不安そうな顔で警察の門を見ている。

お鈴は手を伸ばしてうさぎの頭を撫でた。

「藍介さん、神社に行くといつもうさぎを描いているでしょ？　でもうさぎなんてどこにもいないって思っていたの。だけどちゃんといたんですね」

「まあな。うさぎも猫ほどじゃねえが気まぐれだからな」

兎月はそう言ってごまかすように笑った。

不意にうさぎが兎月の胸元を蹴る。警察から黒木が出てきたのだ。手に猫を入れたかごを持っている。

「おい、どうだった？」

「藍介さんは助かるんですか」

二人で駆け寄ると黒木は「それが」と申し訳なさそうな顔になり、かごを持ち上げてみせた。

「証言させようとしたんだが、笠来のやつ、藍介から猫を取り上げてしまったんだ」

「なんだと？」

「そうしたらとたんに藍介がうろたえちまってまた話せなくなった」

「そんな」

黒木は猫の入ったかごをお鈴に返した。

「笠来は事件をさっさと片づけたいだけなんだ。再捜査は必要ねえとさ」

「徳一を調べねえのか⁉」

「許可が出なかった」

「おかしいだろ、そんなの」

「おえんは布のようなもので首を絞められた」

黒木は不意に話を変えた。お鈴が顔を強張らせたのも気にしない。

「だけど今はまだその布が出てきていない。俺はそっちの方から笠来を動かしてみる。だから徳一の方はおまえが行ってくれないか」

「俺が？」

聞き返した兎月に黒木は渋い顔で言った。

「俺は白波屋には行くなと釘を刺されちまったんだ。だから捜査に行けない。だけどおまえならおえんと親しかったってことで話を聞けるだろ」

「俺が行ってなにを聞くんだ」

「なんでもいい。揺さぶってみてくれ。俺やおまえと違って普通の人間が人殺しなんて、頭のどっかが壊れてなきゃできねえんだよ。案外ぼろを出すもんだ」

「俺が異常みてえじゃないか」

「人斬りなんて異常じゃねえとできねえだろ」

兎月はむうっと押し黙った。

「じゃあ、頼む」

黒木はくるっと身軽に回って警察に向かった。

「じゃあ行くか、お鈴」

お鈴に声をかけると少女は怯えた顔で兎月を見上げている。

「兎月さん……人斬りって……」

「ああ」

兎月は暗く笑った。

「昔のことさ。箱館戦争って知ってるだろ」

お鈴はうなずいた。

「わたしが三つか四つの頃ですね。毎日大きな音がしていたことは覚えています」

函館の市内にも大砲の音は響いたことだろう。

「それで戦った。俺は旧幕府軍だったんだ」

「そう、だったんですか」

お鈴は目を瞠った。昔話の人を見る目だな、と思う。

「戦《いくさ》でたくさん人を殺《あや》めた。……怖いだろ」

「戦だったんなら――仕方ないです」

兎月は腰に手を当ててうん、と背を伸ばす。青々とした函館山が目の先にあった。幕府軍も新政府軍も、死んだものは皆あの山に登った。顔も知らない同じ日本人を、敵というだけで撃った、斬った。

「まあ確かに……頭がおかしくなきゃやってられなかったろうな」

「……」

懐でうさぎが頭を肌に擦りつける。慰めているようなその様子に、兎月は薄く笑って頭を撫でた。

「藍介さんが聞いたのは本当に徳一さんの声だったんでしょうか？」

道を急いでいる途中、考え込んでいた様子のお鈴がそんなことを言い出した。

「徳一さんが藍介さんの家に来るなんて」

そういえば以前おえんも「家に徳一は来ない」と断言していた。

それを伝えるとお鈴は大きくうなずいた。

「徳一さんは藍介さんの家に入れないはずなんです」

「なんでだ？」

「小鈴がいるからです」

お鈴は腕の中のかごをぎゅっと抱きしめた。長い道のりをかごの猫はおとなしく抱かれている。

「どういうことだ？」

「徳一さん、猫が大嫌いなんです」

兎月は思わず笑ってしまった。

「嫌いだって用があれば来るだろう」

それにお鈴はとんでもない、というように首を振り、まくしたてた。

「そんな程度じゃないんです。猫を見ただけで具合が悪くなるんですよ、くしゃみをしたり咳が出たり、肌も赤くぶつぶつが出て。猫患いとでも言うんでしょうか、以前わたしがお店で働いていたとき、表でちょっと猫と遊んで帰ってきたら、すごいくしゃみをされて、猫と遊んだあとは着物を着替えろって叱られました」

「そりゃあ……」

「ご隠居さまも藍介さんの家からお店に帰るとすぐに着物を着替えられるそうです。まあご隠居さまのお部屋はお店から離れているので大丈夫みたいなんですけど」

あのとき、おえんは意地の悪い笑い方をしたが、息子を寄せつけたくないためにわざわざ猫を飼ったのかもしれない。そういう親子の関係を思うと、兎月の心はどこか冷え冷えとする。

兎月は途中でお鈴と別れることにした。猫嫌いの白波屋に猫の小鈴をともなって行くわけにはいかない。

お鈴には黒木が言っていたおえんの命を奪った布を探してもらおうと思った。

「藍介に弁当の差し入れも作ってやれ」

そう言うとお鈴は「はい」と明るい返事をよこした。

「あとで藍介の家に行くからな」

お鈴は手を振って走っていった。

「徳一が母親のおえんを殺したのだろうか」

懐でツクヨミが不安げな声を上げる。

「とりあえず聞いてみるさ」

「……あまり真実を知りたくないな」

「だがこのままじゃ藍介が犯人だ。本当の人殺しを見つけなきゃいけない」

「わかっているが……」

ツクヨミうさぎの耳がしんなり垂れている。子供が親を殺したのかもしれないと思うだけで、気持ちが暗くなるのだろう。

白波屋は通りに面した大きな店だった。戸は閉められて「忌中《きちゅう》」と紙が張り付けてあった。おえんの葬儀の準備の真っ最中なのだろう。

木戸口をとんとんと叩くと、細く戸が開いた。

「どちらさまで」

顔を出したのは手代《てだい》らしき若者だった。

「旦那の徳一さんはいるかい？」

「はい、おりますが……」

青年は痩せた頰に警戒の色を浮かべて兎月を見上げた。

「函館山の宇佐伎神社のもんだ。旦那に会いたい」

「宇佐伎神社の」

名前が売れていると助かる、と思った。若者の目にはたちまち親しみが表れ、笑顔まで向けてもらえる。彼は一度ひっこみ、やがて店に通してくれた。

「ここでお待ちください」

店の中は白い幕で覆われていた。普段は炭俵が並んでいるのだろうが、葬儀の客を迎えるために掃き清められている。

しばらく待つと以前神社で会った徳一が現れた。喪主は通常白の上下を着込むが、まだその準備はできていないのだろう。単衣の着物のままだった。

「あんたは……」

徳一の方も兎月を覚えていたらしい。顔に露骨に嫌悪の表情が浮かんだ。

「なんのご用です」

そう言ったとたん、大きなくしゃみをした。まるで爆発するような音だ。

「……あんた、猫を持ってるんじゃないでしょうね」

「猫じゃないがうさぎなら」

兎月は懐からツクヨミを覗かせた。徳一は鼻を押さえて一歩下がる。

「うちに畜生を持ち込まないでくれ！」

言われたとたん、うさぎは「ぶーっ」と歯をむいて唸った。

「畜生じゃねえ。宇佐伎神社のありがたい神使だ。雑に扱うと罰があたるぞ」

徳一は顔をしかめたが、もうなにも言わなかった。くしゃみが一度で済んだからかもしれない。

「それでなんのご用なんですか」

「まずはお悔やみを言わせてもらう」

兎月は丁寧に頭を下げた。徳一はちょっと虚を突かれた様子で頭をのけぞらせた。

「これは……ご丁寧に」

徳一の方も頭を下げた。

「おえんさんとは数えるくらいしか会ってねえんだけどな、気性のさっぱりとしたいい人だった。今朝、元気な姿を見たばかりだったのに、こんなことになるとは残念だ」

「……ありがとうございます」

徳一はなおいっそう深く頭を下げる。ちゃんと悲しんでいるように見えた。

「それで尋ねたいんだが、あんた昼頃に藍介の家にいかなかったか？」

「へえ？」

バネ仕掛けのように徳一の頭が跳ね上がった。

「なんですって？」

「おえんさんが殺されたとき、あんたはその場にいなかったか？」

徳一の顔に曖昧な笑みが浮かぶ。兎月はその顔をじっと見つめた。真実が書いてあるかもしれないと。

「なにを言ってらっしゃるんです。母を殺したのはあのうすのろでしょう」

「藍介は殺《や》ってねえ」

「あいつがそんなことを言いましたか」

「そうだ。そして藍介はおえんさんが死ぬときあんたの声を聞いたと言っている」

「まさか」

徳一は大きな顔にせせら笑いを浮かべた。

「アタシがそんなところに行くわけがありません。そもそも行けないんですよ」

「猫がいるからか？」

「ご存じなんですか。そうですよ。あいつはアタシが来ないように猫を置いている。バカのくせにそういうところはずるがしこい」

徳一は両肩を大げさに回してみせた。それに兎月は語気を強くして反論した。

「藍介はバカでもうすのろでもねえ。話すことが苦手なだけだと前にも言った。確かに今はまだうまく説明できないでいる。だがもう一度小鈴に会えばちゃんと話せるんだよ」

「小鈴……」

「あんたの声を聞いたと証言したのも小鈴に会えたからだ。さあ、答えろ。あんたは今日の昼、藍介の家に行ったな？」

「行ってません」

徳一は四角い顔を激しく振った。

「じゃあどこにいた」

兎月は間髪《かんぱつ》を容《い》れずに言葉を投げつけた。

「み、店ですよ！」

「警察が調べたらすぐにわかるんだぞ」

ガチガチと徳一が歯を鳴らす。

「……本当は、こだま屋へ飯を食いに行ってました」

絞り出すように答えた。

「こだま屋？」

「若い女が飯の世話をしてくれるところです」

「はあん」

兎月は腕を組んだ。

「飯だけじゃねえんだろ」

「と、とにかく昼はそこに行ってました。それから店に戻って仕事をしてたらおっかさんが死んだ、殺されたって知らせがあって――」

はあっと大きく息をついて、徳一が顔を覆う。

「どうしてこんなことに――アタシは何度も言ってたんだ、あんな絵描きと親しくするのはやめろって。ろくなことにならないって。なのにおふくろはアタシの言うことなんて聞きやしない」

　やがて両手の間から暗い目を覗かせて、徳一が兎月に言った。

「いつもいつもそうだった……おふくろはアタシの言うことなんて一度だって聞いてくれたことがないんだ」

　まるで呪詛の言葉のように聞こえた。兎月を見据える動かない目は洞《ほら》のように輝きがなく、なにも映していないようだった。

「こだま屋に行って聞いてくださってもいいですよ。こだま茶屋は宝来町にあります」

「――ああ、行ってみるよ」

　兎月はそう答えてきびすを返した。振り返らなくても徳一がじっと見つめているのがわかった。

四

　兎月は宝来町へ急いでいた。すでに陽《ひ》は沈み、辺りは薄紫に陰っている。時折乾ききらない水たまりに足を突っ込んで水を撥ね上げてしまった。

「あの親子は昔からあんな感じなのかね」

早足で歩きながら兎月は懐のうさぎに呟く。

「母親は自分の店が嫌いで息子を厳しく躾け、息子は母親が自分の話を聞いてくれないと嘆く。あの親子はなんだか薄ら寒い気がするよ」

「望んだ結婚ではなかったようだからな。泣く泣く嫁いだとおえんは言ってた」

「それにしたって数十年だろ。水の滴りが石に穴を穿《うが》つようにおえんの気持ちだっておさまりがつかなかったのかな」

「おさまりは……ついていたのかもな。だが藍介の存在がおえんに火をつけたのだ」

「火だって？　だけどよ、あの二人にはそんな生々しい感じはしねえぞ」

兎月は懐に手を入れてツクヨミうさぎの頭を撫でた。

「おまえ、なんか他に知ってるな？」

「神は人の祈りを他に漏らすことはできん」

「まあそうなんだろうがな」

話しているうちに宝来町に着いた。そのへんを歩いていた男に「こだま屋」という茶屋のことを尋ねると、聞かれたものは首をひねった。

「いやあ、ここに住んでしばらく経つが、そんな茶屋は聞いたことがないね」

「なんだって？」

もう一人二人に当たってみたがやはり同じ答えた。店の名を聞き違えたかと思ったが、ツクヨミもはっきりと「こだま屋」と聞いたと言う。

「町が違うのかな。徳一が覚え違いをしていたとか」

兎月は腕を組んで考えた。しかしここから白波屋へ戻るのはかなり時間がかかる。

「兎月、茶屋なら大五郎が詳しいのではないか？」

ツクヨミが耳をぴょこぴょこと揺らしながら言った。兎月もそう思っていたところだ。

「白波屋へ戻るよりは近いな。行ってみよう」

そうして大五郎組に行ってみたが、答えははかばかしいものではなかった。

「あっしの知ってる限り、函館の市内にこだま屋って茶屋はありませんぜ。そんな女が飯の世話をやくようなのはね」

大五郎は申し訳なさそうに肩をすくめる。

「だるま屋じゃないんですか。それなら寺町にあります」

辰治が横から口を出す。

「いや、白波屋ははっきりとこだま屋って言ったんだ」

「白波屋ってあの炭問屋の白波屋ですか？」

大五郎はぎょろりと目玉を動かした。

「そうだ。あそこの旦那を知っているか？」

「知ってますよ。だったら妙ですぜ。あっこの旦那はそんな茶屋遊びをするようなやつじゃありません。固いの固くないのって、それこそ炭を固めたような身持ちの堅い男ですよ」

「じゃあ……嘘なのか？　やっぱり茶屋なんかには行ってなくて藍介の家に行ったのをごまかしたのか？」

「口からでまかせですかね」

大五郎は兎月を慰めるように言った。

「くそっ、そんなことのために宝来町くんだりまで出向いたと……」

「とんだ無駄足でしたね」

「あの口、拳でふさいでやろうか」

「――あ！」

兎月の腹から甲高い声がして、大五郎も辰治もぎょっとした顔をする。兎月はあわてて腹を押さえた。

「すまん、ちょいと腹の具合が――厠《かわや》を貸してくれ！」

そう言って厠に飛び込むとツクヨミうさぎを取り出した。

「なんだよ」

「徳一の嘘の理由がわかったかもしれぬ」

「なんだ？　藍介の家に行ったのをごまかすためだろ。そんなすぐばれる嘘を……」

「ばれてもよかったのだ、徳一は時間を稼ぎたかったのだ」

「時間？」

「小鈴だ。やつは小鈴を奪って藍介の口をふさぐ気だ」

「じゃあ」

兎月とツクヨミは顔を見合わせた。

「小鈴があぶねえ！」


兎月は辰治をともなって藍介の家に走った。もう完全に夜になってしまった。夜空にはびっしりと星が集まり、案外と明るい。

藍介の家はひっそりと静まっていた。明かりひとつない。お鈴は住み込みのはずなのに玄関で声をかけても出てこなかった。

戸を開けると鍵はかかっておらず、兎月は草履《ぞうり》を放り出して家の中にあがった。

藍介がいつも寝ている部屋にもおえんが死んだ部屋にもお鈴の姿はなかった。破れて外れた襖はお鈴が張り直そうとしたのか、部屋の隅に避《よ》けてあった。

「お鈴！　小鈴！」

どちらの呼びかけにも応えはない。いや、今小さく猫の鳴き声がした。

「小鈴!?」

声のする方に出てみると、庭の方から聞こえる。夏草が茂った辺りは真っ暗でなにも見えなかった。

背後が明るくなった。辰治が部屋にあった行灯《あんどん》に火を入れたのだ。

行灯を縁側に持ってくると、その光に目を反射させた猫が茂みから出てきた。

「小鈴、無事か」

猫はにゃおにゃおとかすれた声を上げる。その声を聞いていたツクヨミうさぎは兎月の懐の中で顔を上げた。

「大変だ、お鈴が男に連れていかれたと言っている」

「なんだって!?」

「風体《ふうてい》からしてたぶん、徳一だ。小鈴ではなくお鈴を連れていったらしい」

「間違えたんだ」

兎月は唇を噛んだ。

「猫嫌いの徳一が猫の名前なんか覚えてるはずがねえ。俺が小鈴と言ったのを女中のお鈴だと勘違いしたんだ」

「なんと」

「うさぎの先生！」

背後の部屋にいた辰治が声を上げた。

「見てください、これ」

「なんだ？」

辰治は外された襖を持っていた。

「襖の裏にこんなものが」

それは大きな手のあとだった。穴のすぐ上の方にぐいっと押しつけたのか、くっきりとしわになって残っている。

「転げて襖にぶつかって穴を開けて……起き上がるときに手をついたのか」

大きな手は確実に男の手だ。藍介も絵描きらしい長い指をしていたが、こんなに大きな手はしていない。

「……そうか」

やはり徳一はここへ来たのだ、と兎月は確信した。そしておえんと争った。おえんは自分が教えた技を使って徳一を転がしたのだ。巨体は襖を蹴倒し、穴を開けてしまった。あまりのことにかっとなった徳一は母親を――。

「この襖は証拠として警察に持っていけ。黒木がいるからそいつに渡してくれ。絶対手形を消すんじゃねえぞ」

「わかりました」

辰治は襖を頭の上に載せ、部屋から出ていった。

「ツクヨミ、うさぎたちを呼んでくれ。お鈴を捜すんだ」

「わかった！」

縁側でツクヨミうさぎが前脚を上げると、たちまち夜空に神使のうさぎたちが白く輝く尾を引いて飛び回った。

「お鈴……無事でいてくれ」

お鈴は使われていない漁師小屋の中に突き飛ばされ、小さな悲鳴を上げてつっぷした。体を抱えられるようにして無理矢理家から引きずり出され、口をきくなと脅されてここまで連れてこられた。震える両手で支えて身を起こすと、真っ黒な影になった徳一が目の前に立ちはだかっている。

「旦那さま……」

「おまえがいなくりゃあのバカはしゃべることができない」

暗くて表情は見えないが、声はひどく恐ろしかった。

「かわいそうだが、ここで眠ってもらう」

「なんのことです、どうしてこんな真似を」

「わからないのか」

徳一がしゃがんだ。ひやりと冷たい手が頬に触れ、お鈴は「ひゃっ」と身をすくめる。

触られた場所から凍り付くような気さえした。

漁師小屋の中は外より暗いが、入り口や板の間が開いているせいで、輪郭だけはわかった。

お鈴は徳一の手から逃れようと、尻をついたまま後ろににじり下がった。縄を編んだようなものに触れたがたぶん網だろう。なにか、なにかないかと背後を手で探っていると、棒のようなものに触れた。

お鈴はその棒をしっかりと握った。

「……ご隠居さまのご葬儀の準備をされているんですよね。なぜ旦那さまがこんなところにいらっしゃるんですか」

お鈴は気持ちを奮い立たせ、無理矢理会話を続けた。徳一の隙を見て逃げ出そうと考えたのだ。

「ああ、準備は大変だよ。白波屋の隠居の葬式だもの、盛大にやらなくっちゃ。白波屋の跡取りがアタシだって、ちゃんとわかってもらうためにね」

「旦那さまはもう立派な白波屋の主人です。みんなわかってます」

徳一の口調に交じる自嘲の響きにお鈴は眉をひそめた。

「そうだね。だけどあの人はわかってくれなかったのさ」

「あの人？」

「おふくろだよ」

徳一は吐き捨てるように言う。

「ご隠居さまが？　なぜ」

「アタシはね、あの人にとってはずっと憎い男の息子でしかなかったのさ」

闇に慣れた目がようやく徳一の顔を捉えた。今の徳一は迷子の子供のような頼りなげな表情をしていた。

「おやじがクズだったのはアタシもよく知ってる。おふくろに乱暴してたのも、店をだめにしてしまったのも」

それはお鈴は初めて聞く話だった。

「おやじが死んでからおふくろはアタシを厳しく躾けたよ。まるで仇《かたき》をとるかのように痛めつけられた。アタシは他の子供のようにおっかさんに甘えたこともない。おっかさんがアタシに笑いかけてくれたこともない。店を継ぐためだって丁稚《でっち》同然にこき使われた。そして一度も褒めてもらえなかった。おふくろにとってはアタシは店の一部にすぎなかったんだ」

お鈴にはそんな親子関係は信じられなかった。貧しくともお鈴と両親は仲のよい家族だった。毎日のご飯はなくても笑い声があった。お鈴は恨みつらみを垂れ流す徳一の唇を呆然《ぼうぜん》と見ていた。

「なのに、おふくろはあのうすのろには笑うんだ。神社で初めて見たよ、アタシには見せたこともない優しい顔を。ババアが色狂いしてるっていうならまだ我慢できたさ。だけど今朝、財産の半分をあのバカに譲るって言い出したんだ！　そして家を出て藍介と暮らすと！　なんでだと思う？」

「な、なぜ……」

徳一は答えを求めているわけではない。怒りの感情をぶつけているだけだ。それがわかってお鈴は小さな声で言った。

「あのバカがおふくろの孫だからだって言うんだ！」

「ええっ」

さすがに驚いた。そんな話は藍介からもおえんからも聞いたことはない。

「驚いたか。驚いたさ、俺も。そんな話は聞いたことがない。そしたらあのクソババア、白状しやがった。あいつは白波屋に入る前に、巡業に来てた役者といい仲になって身ごもったんだ。そして密《ひそ》かに産んだ子供を奥羽の親戚に預けたんだとさ。信じられるか？そんなふしだらな女が白波屋の女将《おかみ》になったんだ。おやじがクズだったのはそれを知ってたからなんじゃないかと思ったよ！」

徳一は一気にまくしたてた。ずっと胸のうちにしまっていた暗い感情をほとばしらせ、その表情は歪んではいたが笑みにも似ている。

「藍介さんのご両親が奥羽で店をやってたって話……」

徳一はお鈴の声を遮るように話した。

「奥羽の店からのれん分けでもさせてもらったんだろう。だけど結局北海道《ほっかいどう》まで流れて最後は火事で死んでしまった。おふくろはあのバカやその師匠から話を掘り出して、孫に違いないって思い込んだ」

驚いたがそう言われれば腑《ふ》に落ちる点もある。おえんが藍介を見つめるまなざしは、確かに孫に向ける祖母のものに思えた。

「ああ……全部話せてすっきりした……こんな話、誰にも聞かせられないからな」

徳一は懐から手ぬぐいを取り出した。

「これはあのくそババアの首を絞めた手ぬぐいだ。おまえもこれでくくってやるよ。ババアは死んで藍介は死刑になる。おまえも死ねばまた一緒だ。寂しくないだろう」

開いた戸口から月の光が射し込んでくる。徳一は自分が手ぬぐいと一緒に小さな袋を持っていることに気づいた。

「……おふくろが死んだそばにこれが落ちてたよ」

徳一は縮緬の袋をお鈴に見せた。金糸の刺繍が月光にきらりと光る。

「守り袋だ。おふくろは俺にはこんなもんさえ作ってくれなかった。なのに藍介には作るんだな。これを見たら憎くて憎くて殺してやりたくなったよ」

「そ、それは……」

お鈴は震える腕を上げて小さな袋を指さした。

「それはご隠居さまが作っていた――それは……お守りじゃありません」

「あ？」

「それは――」

ぎゃおっと闇を切り裂いて猫の声が響いた。戸口に白い猫が背を丸めて立っている。猫の目は金色に燃え、徳一を睨みつけていた。

「ね、猫！　この畜生！」

とたんに徳一は大きなくしゃみをした。それを合図に猫が徳一に飛びかかる。正確には、徳一の持つ縮緬袋に。

「うわあっ！」

飛びかかられた徳一は地響きのような音を立てて床に倒れた。猫は徳一の体に乗り、身を擦りつけた。

「やめろ！　やめろ！　離れろ！」

「小鈴！」

お鈴が呼んでも猫は徳一にしがみついている。ごろごろごろっと大きな音が猫の体から響いた。

「お鈴！　徳一！」

兎月が小屋に飛び込んできた。

「無事か、お鈴！」

「兎月さん！」

徳一は兎月の姿を見ると逃げ出そうとした。その巨軀《きょく》を遮ろうとしたが、振り払われてしまう。

「くそっ！」

小屋の外に出た徳一を追って兎月は空に手をかざした。

「来い！　是光《これみつ》！」

声と同時に手の中に光が集まり、それはまっすぐに伸びて刀の姿となった。

「逃がさねえ！」

砂浜を走る徳一に追いつくと、その太い腰に刀を叩き入れた。

兎月の刀は怪ノモノを斬る刀。人は斬れないがその衝撃は腰の骨を軽々と折る。

「ぎゃあああっ！」

徳一は悲鳴を上げて砂浜に転がった。

ずっとお鈴を捜して走ってきた兎月は、肩で息をしながらそのそばに膝をつく。

「ああ、畜生。さんざん走らせやがって……」

「兎月さん！　旦那さま！」

お鈴が走ってきた。腕に猫を抱いている。猫は気持ちよさそうにごろごろと喉を鳴らしていた。その両腕の中に縮緬袋を抱えている。

「旦那さま……」

お鈴は痛みにうめく徳一の前で足を止めた。徳一は盛大なくしゃみをし、砂をまき散らした。

「くそっ、猫を持ってくるんじゃない！　あっちへ行け！」

「これはお守り袋じゃないんです」

手を振り回す徳一に、お鈴は猫ごと袋を見せた。

「これはご隠居さまが作ってくれた猫のおもちゃなんです。中にマタタビが入っていて……小鈴の大好物なんです」

「猫の……おもちゃ……だって？」

徳一は呆然とそれを見つめた。やがて喉の奥から奇妙な音が流れ出す。それは笑い声だった。

「あのババア……あの畜生め……アタシが猫嫌いなのに猫のおもちゃだと……」

笑い声はいつしか泣き声に変わった。

「ひでえ……ひでえよ……おっかさん……」

砂浜に寄せる波の上を、徳一の泣き声が渡っていった──。

終

　兎月は徳一を連れて警察署へ向かった。白波屋では葬儀の準備の真っ最中だったが、徳一が捕まったことによって急遽《きゅうきょ》番頭が喪主を務めることとなった。

　しかし罪状が親殺しでは、早晩店を畳むことになるだろう。親戚連中も頭の痛いことだ。

　徳一の出頭により、藍介は釈放された。

　藍介が警察署から出てきたのは翌朝のことで、ふらふらした足取りで、朝日に眩しそうに顔をしかめた。

「藍介さん！」

　小鈴を抱いたお鈴が兎月と一緒に警察署の前で待っていた。お鈴は小走りに近づくと、藍介の胸に体をぶつけた。

「藍介さん、藍介さん、藍介さん……っ」

　大泣きするお鈴に藍介はとまどった顔をして兎月を見る。兎月は軽く肩をすくめるとからかう口調で言った。

「お鈴がいつもおまえを落ち着かせるためにどうやってるのか、覚えているだろ」

「……」

藍介は少し考えるとそっと手を持ち上げてお鈴の薄い背中を撫でた。何度も撫でて、

「だいじょうぶ、だいじょうぶ」と小声で言う。

お鈴はようやく涙を止めた。

「ごめんなさい、藍介さん」

「うん……大丈夫」

白い猫がお鈴の手から藍介の手に移る。藍介は牢でやったときと同じように猫を吸った。

「藍介さん、おうちに帰りましょう」

お鈴は藍介に優しく言った。

「そしてご隠居さまのお墓ができたらお参りに行きましょう」

「おえんさん……やっぱり、死んだんだね」

藍介は悲しそうに呟いた。

「全部夢だったら、いいと思ってた。起きたらまた、元のように、なっているんじゃないかって、思っていたんだ」

「そうですね。でも夢じゃないんです……。だから」

　お鈴は藍介の腕をぐいっと引っ張った。

「藍介さんは生きていかなきゃ。まずは今日は一枚描きましょう。明日は二枚、明後日《あさって》は三枚。ご隠居さまも見守ってくれてます」

「うん……」

　藍介とお鈴は兎月に向かって丁寧に頭を下げた。そうして二人仲良く帰っていく後ろ姿を兎月はツクヨミうさぎと見送った。

「お鈴は藍介におえんが祖母だったことを話すかな」

　ツクヨミの言葉に兎月は首をひねった。

「どうかな。それだって本当のことかどうかわからない。奥羽の商人の倅が函館に流れ着いただけの話だ。おえんがいくら藍介や師匠に聞いたところで、真実かどうか確認するすべはないだろう。おえんの思い込みだったのかもしれん」

「おえんも……徳一も哀れだな」

　ツクヨミの声には力がなかった。全部知っていてもなにもできない自分にへこんでいるのかもしれない。

「……」

　兎月は黙ったままうさぎの小さな頭を撫でてやった。

「血を分けた我が子を愛せなかったおえんも、母親の愛を諦めきれなかった徳一も……。なぜこんなことが起きるのだろうか」

「徳一はあの縮緬袋をお守り袋だと思ったとき、たまらなかったと言っていたらしい。徳一が求めたのはそんなちっぽけなものだったのにな」

朝の日差しの中でしんみりと二人の行く末を思っていたとき、不意に背中に重みがのしかかった。振り向くと黒木が肩を回している。

「よう」

ツクヨミうさぎはあわてて兎月の懐に潜《もぐ》った。

「なんだ、重いぞ」

「今回はいろいろ助かったぜ」

「これからは人をしょっぴくときはもっと調べてからやれと上役に言っておけ」

「ああ、今回の件で笠来の顔は丸つぶれさ。これからは少しおとなしくなる。それについても礼を言うよ」

黒木はにんまりと笑って言った。

「これから見回りがてら満月堂に行くんだ。約束どおりつきあえ」

「一人で行けって」

「俺一人だと饅頭《まんじゅう》買って金払って終わりだ。おまえがいればお葉さんはなにか話してくれるだろう」

「人をだしに使うな」

言いながらも兎月は歩き出した。お葉の顔が見たかった。きっと明るい笑顔で「おはようございます」と言ってくれるに違いない。そうしたらこの重い気分も少しは晴れるだろう。

「暑くなってきたなあ」

黒木は青空に輝く太陽に目を細めながら呟く。

「夏だからな」

「山がきれいだ」

つられて兎月も函館山を見上げた。こんもりと茂った緑の木々が風に揺れ、きらきらと輝くように見える。

つらいことがあっても悲しいことがあっても営みは続いてゆく。お鈴の言ったように毎日を続けていかなければ。まずは今日一日、そして明日、明後日と。

兎月は美しい山を見つめながら歩き出した。

幕間一　ちいさな人

おみつが満月堂の外で水を撒《ま》いていた日のことだ。三日も晴天が続き道が乾いているのに今日は風が強かった。お店に来てくれる人が灼《や》けた砂で目を痛めないようにと、自分から進んで湿りを与えている。

白い地面にぴしゃりと水が撥ねたとき、どこからか小さな声がした。

「雨が降るよ……」

えっとおみつは顔を上げて周囲を見回した。通りには人はいない。向かいのお店の人かとも思ったが、店先にも誰もいない。

聞き違いだったかな、ともう一度桶に柄杓《ひしゃく》を差し込んだとき、

「夕方、雨が降るよ……」

今度ははっきりと聞こえた。だが相変わらず誰もいない。

おみつは怖くなって店の中に駆け込んだ。

「おかみさん！　おかみさん！」

柄杓をお守りのように胸の前に抱えてそう呼ぶと、満月堂の女主人、お葉が板場から出てきた。

「どうしたの、おみつちゃん」

「おかみさん！　なんか変な声が！」

おみつはお葉の腰に抱きついた。

「変な声が聞こえるんです！」

「変な声？」

お葉はおみつを守るように背を支えて、明るい陽光の落ちる店先を見つめた。

「男の人の声で、雨が降るって！」

「雨が？」

首をひねってもう一歩外へ出ようとする。おみつはそれを必死で止めた。

「だめ！　外へ出ちゃ」

「もし雨が降るなら庭の洗いものを取り込まなきゃ」

「外には誰もいないんです！　なんか怖い……！」

「でもその声は教えてくれたのかもしれないわ」

お葉はそういうと店の中に引っ込んで、奥の庭に干してある洗濯物を急いで取り込んだ。

そして部屋の中に戻ってくると、ぽつりぽつりと本当に雨が降り始めた。

「降ってきた……」

おみつはびっくりして外を見上げた。今まであんなに明るかった空が真っ暗になっている。

「よかったわ、間に合って」

おみつの後ろにお葉が立って、微笑んで空を見上げた。

「おかみさん、怖くないいんですか？」

「どうして怖いの？　親切に教えてくれたんじゃない」

「だって……誰もいなかったし……おばけかもしれないですよ？」

お葉は怯えるおみつの頭を撫でた。

「ねえ、おみつちゃん。その声、どの辺りから聞こえたかしら？」

「どの辺りって……あたしの後ろです。そういえばずいぶん低いところから。まるで足下みたいでした。でも誰もいなかったんです」

「そうねえ」

お葉は頰に指を当てた。

「もしかしたらコロポックルさんかもしれないわ」

「ころぽっくる？」

「アイヌの人たちの言葉で蕗《ふき》の下にいる人、という意味なの。聞いたことない？」

あっとおみつは手を叩いた。

「おばあちゃんから聞いたことあります！　でもそれはアイヌの人の昔話でしょう？」

お葉はそんなおみつに笑いかけた。

「昔話じゃないわ。今もいるのよ、小さな人たちが」

「ほんとですか？」

「ほんとよ。だって私、見たことがあるもの」

お葉はそう言って暖簾《のれん》を手で開けると雨の降り注ぐ空を見上げた。

＊＊＊

それはお葉が夫と死に別れ一年ほど経った頃だったろうか。

夏の終わり、寺の境内に降り注ぐ蟬時雨《せみしぐれ》の中を、一人とぼとぼと歩いているときだった。

その日は夫の月命日で、まだまだ悲しみが癒《い》えず、墓参りのあとはいつも涙が零れ落ちそうになる。お葉は時折たもとで目を押さえた。

日陰を選んで歩いていたが、うっかり木の根につまずいて、手にしていた巾着《きんちゃく》を落としてしまった。その中からチリンとかわいい音を立てて金色の鈴が転がり落ちる。

「あ！」

鈴は急いで差し出したお葉の手を避け、転がって木の根本にある小さな穴の中に入ってしまった。

「まあ、どうしましょう」

お葉はしゃがみ込んでその穴に指を入れた。穴は思ったより深く、差し込んだ指はなににも触れない。周囲を掘ってみようとしたが、穴は手の力ではそれ以上大きくならないようだった。

「どうしましょう……」

お葉は途方にくれた。そのときだ。

「取ってほしいか……」

低く小さな声がした。

お葉ははっとして辺りを見回した。だが誰の姿も見えない。

「空耳だったのかしら」

呟いたとき、再び声が聞こえた。

「取ってやろうか……」

その声は落ち着いていて穏やかだったので、お葉は不思議には思ったが恐怖は感じなかった。

「ええ、取ってほしいわ。とても大事なものなの」

それは、亡くなった夫からの贈り物だった。病になる前に買ってきてくれたお守りについている鈴だったのだ。毎日菓子を作ることに忙しく、一緒に出歩くこともあまりなかったが、祭りに行った日に買ってくれたのだ。

いつもいつまでも達者でいてほしい……夫はお葉にお守りを握らせ、その手を上から強く握った。自分の体が弱かったのでいっそうそう思ったのだろう。

それから常にお葉と一緒にあったお守りの鈴。

「明日、同じ時刻に来るといい……」

声はそれきり聞こえなくなった。お葉は立ち上がると、どこにいるのかもわからない相手に頭を下げた。


その夜は雨になった。葉を叩く雨の勢いは強く、朝まで続くと思われた。

あの鈴が転がり落ちてしまった穴にも雨が降り注ぐだろう。

鈴は雨に流されてどこへともなく消えていったに違いない。どうしてあんな声を信用してしまったのだろう。

あのまま木の棒でひっかくなりして穴を広げて取ればよかったのに！

雨の音を聞きながら、お葉は自分の愚かさに涙した。

翌日、水たまりの多い道をお葉は急いで歩いていた。昨日と打って変わって晴天で、日差しが濡れた地面を焼いて湿気がひどかった。蟬《せみ》の声も昨日より重く感じられる。

期待はしていなかったが、雨のせいで穴が広がっているかもしれないと思ったのだ。

(どの木だったかしら)

寺の境内にある木をひとつずつ見ていくと、一本の木の根本に鈴が落ちているのに気づいた。

濡れた土で汚れないようにか、ヤツデの葉の上に置いてある。

「まあ！」

お葉はしゃがんで鈴を取り上げた。鈴はひしゃげても汚れてもいなかった。

「よかった……！」

お葉は鈴を両手の中に入れ、手を合わせた。

「どこのどなたか存じませんがありがとうございます。私は菓子匠《かししょう》満月堂のお葉でございます。お礼はいかがいたしましょう。私にできることはありますか？」

そう声に出して言ってみた。蝉たちは一瞬鳴き止み、また激しく鳴き始めた。

しばらく待っていると、また昨日の声がした。

「菓子匠満月堂のお葉さん」

「ええ、そうです」

お葉は背後を振り返ったが姿は見えなかった。

「それではひとつ頼みがある」

ちらっと目の隅で動くものがあった。そちらの方を見てもやはりなにもいない。しかしお葉は見てしまった。夕べの雨が残した水たまり。その水鏡に映っている姿を。

それは小さな人だった。緑の葉の着物を着て、頭に草の輪を載せている。黒く固そうな髭《ひげ》を生やし、いかめしい顔をしていた。手に杖を持ち、背には小さな小さな弓をしょっている。

（まあ）

お葉は胸の中で声を上げた。

（これは話に聞くコロポックルかしら）

小さな人は続けて言った。

「実は私の娘が三日後の夜、嫁入りをする」

「それは……おめでとうございます」

「そこで祝言《しゅうげん》の場で配る菓子が欲しい。小さな饅頭をひとついただけないだろうか」

「お饅頭をひとつでございますか？」

「そうだ。我らにはひとつで十分だ」

コロポックルならそうかもしれない。しかしなんと言っても祝言だ。お葉の気持ちとしては饅頭ひとつで済ませたくなかった。

「それでは私に祝言の紅白饅頭を作らせてください。ちなみに祝言にいらっしゃるお客様は何人さまですか？」

「十五人ほどだが……。しかし我らには通常の菓子は身に余る」

「十五人さまですね。わかりました。お任せください。それでは三日後の朝、再びここにお持ちしますね」

お葉はそう言うと立ち上がった。もう一度コロポックルがいた辺りを見たが、やはり姿は見えなかった。

三日後、お葉は風呂敷包みを持って境内にやってきた。木の根本にしゃがみ込み、膝の上で風呂敷をほどいた。

そこには二つの白い紙の箱が入っていた。

念のため中を確認する。

ひとつには白と桜色の上用粉《じょうようこ》でできた皮に包まれた紅白饅頭。饅頭の上には折り鶴の焼き印が押してある。

もうひとつには――これは作るのも大変だったが、お葉が十分楽しんだ――小さな小さな梅の形の白と赤の練り切りが十五個入っている。

つまようじを使ってひとつひとつ注意深く作り上げた。

お葉はその出来に我ながら満足し、ふたを閉じた。地面に風呂敷を畳んで置き、その上に箱を載せ、木の葉三枚をかぶせておく。

「誰かが間違えて持っていくと困るので、早く取りに来てくださいね」

お葉はそう声をかけると立ち上がった。カタカタと下駄を鳴らしてその場を去る。

しばらく行ってから振り向くと、白い紙箱がそろりそろりと動いているのが見えた。

それからずっと小さな声は聞こえなかった。あの菓子に満足してくれただろうか？　余計なことをと怒らせただろうか。

しばらくそんなことを心配していたが、やがて日々の忙しさに紛れて忘れてしまった。

そして、どのくらい経った晩だったか。

眠っていたお葉の耳に小さな声が聞こえた。

「起きろ起きろ！」

小さな声は切迫していた。

「早く起きろ！　起きて家を出ろ！」

お葉は飛び起きた。

「どなたです⁉」

「早く家から出ろ！」

声に聞き覚えがあった。寺の境内で聞いた声だ。

お葉は布団から出ると寝間着のまま急いで部屋を出て、廊下を駆け、店のかんぬきを開けて戸を開けた。

夜空には驚くほど大きな月がかかっている。その光の中に飛び出した。

出たと同時にどーんと強い縦揺れを感じた。

向かいの店の瓦がバラバラと落ちてきた。バンッと大きな音がして、目の前に満月堂の看板が落ちてくる。

「きゃあっ！」

お葉は頭を抱えてしゃがみ込んだ。

揺れは長くは続かなかった。

同じように外へ飛び出してきた人たちと、「びっくりしたねえ」などと声をかけ合い、寝ていた部屋に戻った。

——驚いた。

布団の上に箪笥《たんす》が倒れ込んでいたのだ。

あのまま寝ていたらどうなったかわからない。

「……」

お葉は両腕を抱えてぶるっと震えた。

「これを教えてくれたんですね」

ということは、あの菓子を気に入ってくれたということか。

お葉はもう一度外へ出た。

「コロポックルさん」

お葉はそっと声をかけたが応えるものはいない。

「ありがとうございます」

お葉は空に輝く月に向かって手を合わせた。

＊＊＊

「それからもときどき声は聞こえたわ。今日みたいに雨を教えてくれたり、遠方から親戚が来たりするときとか」

「へええ！」

おみつは目を丸くして驚いている。

「ほんとにコロポックルさんているんですね！」

「そうよ。だから小さな声がしても驚かないで……。それはきっと小さなお客様なのだから」

雨が小降りになってきた。

やがて屋根の上に大きな虹がかかる。

「晴れたわ」

まだ少し、雨の粒が落ちてくるが、お葉はかまわず外へ出た。

「コロポックルさん、ありがとう」

お葉が手を合わせると、おみつも横に来て一緒に手を合わせた。

「あたし、もう怖がりません」

「ありがとう、おみつちゃん」

お葉はおみつの頭を撫でた。

二人の足下の水たまりがぱしゃんとはねたが、そこには誰もいなかった。ただ、小さな足が逆さになった空の中を駆け抜けていったのを、お葉は見たような気がした。

人魚の遺言

序

青空に真っ赤なのぼりが勢いよくはためく。そこには白く抜いた文字で「みせもの」と書かれていた。

夏になると恒例の見世物小屋《みせものごや》が立つという。以前来た曲馬団と違い、見世物は不気味だったり奇妙な形状をした動物や人を見せるものだ。

木戸銭を払って大きな天幕の入り口を通ると、迷路のように細く入り組んだ通路が縄を張って作られていた。ところどころに檻《おり》があり、その中にいろいろなものが入っているようだ。

「人魚や鳥女がいるそうなんですヨ」

こういうものには目のないパーシバル商会の頭取、アーチー・パーシバルが兎月を誘いに来た。

「お葉さんも誘うつもりデス。兎月サンもツクヨミサマといらっしゃいませンカ？」

「ふーん」

兎月は別に見世物には興味なかったが、ツクヨミが目を輝かせているので一緒に行くことにした。

夏の初めのこの時期は、油断するといきなり冷え込む。兎月はすでに単衣になっていたが、時折冷たい風がすねを払っていった。

見世物小屋は海の近くに作られていて潮の匂いが強かった。客足は上々で昼からけっこう賑《にぎ》わっている。

「見世物小屋って言えば笑い話のように言われているものがあってな」

兎月はパーシバルに昔聞いた話をしてみた。

「大イタチがいるって言われて見に行ったら、大きな板に血が塗られていただけとか、河童《かっぱ》のミイラと言われているものが、毛を剃《そ》った猿の死骸だったとか」

「まさか、そんなお粗末なものはないでショウ」

パーシバルは笑う。お葉はちょっと不安そうな顔をしていた。

「恐ろしいものがあったらどうしましょう」

「俺が先に見て怖そうだったら教えてやるよ」

「はい……お願いします」

天幕をくぐるまで兎月はツクヨミうさぎを懐の奥に押し込んでいた。日差しを遮った天幕の中は薄暗く、前を歩く客も影になっている。懐からうさぎの顔を出してやると、左右上下をせわしくきょろきょろする。

「ええっと最初は……双頭の蛇？」

檻の中に入っていたのは茶色い蛇だった。指先で摘《つ》まめそうなほど細かったが、確かに頭が二つに分かれている。

「なるほど、コレはめずらしいデスね」

パーシバルは身を屈《かが》めてじっくり見る。お葉はたもとで口を覆って怖そうに兎月の背後に隠れた。

「次が巨大蛙《かえる》……って、なんだ、ただのガマじゃねえか」

普段見るものよりは大きいが、それでも驚くほどではない。

「おいおい、こういうものばかりなのか？」

懐のうさぎもいささかがっかりしているようだった。

「次は天狗《てんぐ》、ということデスが」

檻の中には鼻の長い奇妙な動物がいた。けむくじゃらで顔は赤い。

「これはプロボーシィスモンキーですね」

パーシバルはクスクス笑う。

「プロボ……？」

相変わらず兎月の後ろに隠れているお葉が小さな声で聞いた。

「南の方にいる猿の一種デス。決して天狗ではありませンよ。見世物小屋というよりズーデスね、ここは」

「ズー？」

「いろいろな動物を人に見せる施設デス。ヨーロッパには昔からありマス」

他にも芋から生えている花（アマリリスという花らしい）や大きな水晶、巨大な巻貝、夜になると動く幽霊画（これは絵の見事さもあってパーシバルのお気に召したらしい）、人の顔に似た魚など珍しいものが展示されていた。

さらに先に進むと、竹で編んだ大きなかごの中にほっそりした女が入れられていた。驚いたことに女の腕は五色の翼になっている。

女は胸と腰だけを布で覆って、かごの外の人々に妖艶《ようえん》な笑みを向けた。

「見世物小屋らしくなってきたな」

いかにも作りものめいた翼だったが、それは言わぬが花だろう。

次は木製の大きな檻で、中に熊が一頭入っていた。熊は四つ足でうろうろ歩いていたが、その頭の部分は髭面の男だった。看板には「熊男」と書かれていた。

「まあ、なんてこと」

お葉は小さな声で非難するように呟いた。

「人の姿をしているものをこんな檻に入れるなんて」

「……」

兎月はパーシバルと顔を見合わせた。お葉は彼らを本物だと思っているようだ。

「最後は人魚でございますよ。南の海で網にかかった哀れな人魚の娘でございい」

むあっと磯の匂いがした。人が数人入れるような巨大な桶の中に水が入り、大きな石も入れられている。その石の上に人魚が座っていた。

腰から下がうろこになっており、その先には透明な三角のひれがついている。薄い襦《じゅ》袢《ばん》を身にまとっていたが、水に濡れて豊満な胸が透けて見えた。

反射的に目をそむけたが、もう一度ちらっと見ると、濡れた長い髪でもう隠されてしまった。

人魚は細い声で不思議な調子の歌を歌った。どこの国の言葉かわからない。そのうち石の上から水に入り、縁に沿って優雅に泳いでみせた。

しばらくするとざばりと上がり、自分を見ている人々に妖艶な笑みを向ける。人魚の指の間には水掻《みずか》きもあり、脇の下にもうろこがあった。

「まあ……まあ……」

お葉は顔を覆ってしまった。

「なんてかわいそうなの。あの人を海に帰してあげられないのかしら」

人魚はまったくよくできていた。腰と尾の継ぎ目も見えず、水に潜ればかなり長い間泳いでいる。しかし見ている男たちの目は人魚の胸にばかり向いていたに違いない。

兎月とパーシバルはすっかり人魚に同情して涙ぐんでいるお葉を励ましながら、見世物小屋を出た。

「お葉さん、あの人魚も鳥女も熊男も……全部偽物だから」

明るい日差しの下で兎月はお葉に言った。

「そうですヨ。魚の尾も鳥の翼も熊の毛皮も、全部作りものデス」

「……ほんとうですか？」

お葉はおそるおそる言う。

「そうだよ、あいつらは全員普通の人間。そういう仮装をしているだけだ」

「では山や海から連れてこられたわけではないんですね」

「そのとおりデス」

お葉はようやくほっとした顔を見せた。

「変わった花や魚などは興味深く見ましたが、あんな人の姿をしたものを面白おかしく見るのはいやですわ」

「まああまりいい趣味ではないな」

「すみませン。ワタシが見たいと思ってしまって。日本の見世物がどんなふうなのか興味があったのデス」

　パーシバルは申し訳なさそうに言った。

「ツクヨミサマもおいやだったでしょうか」

　パーシバルは兎月の懐の中でおとなしくしているうさぎのことも気にしたようだった。

「いや、かなり興奮して見ていたようだぜ」

　兎月はうさぎの額を指先でかいてやる。うさぎは煩わしそうに長い耳をパタパタ動かした。

　そのあと茶屋で水だんごやくず餅を楽しみ、パーシバルたちと別れた。

　二人きりになるとさっそくツクヨミが話しかけてきた。

「パーシバルもおぬしもあれらは偽物だと言うが、人魚は本物だったのではないか？」

　ふんふんと鼻がせわしなく動く。

「おまえな、カミサマが人間に騙《だま》されているんじゃねえよ」

「あの尾はよく動いていたし、人の知らないものはこの世にはいくらでもいる！」

ツクヨミは言い張る。

「アイヌの着物で魚の皮を使ったものを見たことがある。それの応用だろう」

「ずいぶん長く潜っていたぞ。人間があんなに水の中にいられるわけがない」

兎月はため息をついてうさぎの小さな頭を撫でた。

「海女《あま》ならあのくらい潜るだろ」

「……ほんとうに人魚ではないのか」

「残念ながらな」

そうか、とツクヨミはがっくりと耳を垂れた。

「我は海の中に入ったことがないからな……海のものはなんでも珍しいのだ」

しょんぼりする首筋が気の毒に思えて兎月はできるだけ優しい声音を出した。

「じゃあ今度海で魚を釣ってきてやるよ」

「うむ、そうか」

ようやく顔を上げる。

「ところでおぬしは釣りができるのか？」

「子供の頃兄貴と川でフナを釣ったくらいだが……なんとかなるだろう」

目の前には広い海がある。いくらでも釣れそうに思えた。

一

「釣り、ですかい？」

大五郎がぎょろりと大きな目をむいて言った。

「ああ、うちのカミサマがお望みでね。釣り竿と……いい穴場を知ってたら教えてほしいんだが」

次の日、兎月はさっそく大五郎組の門をくぐって尋ねてみた。

今日はツクヨミは神社に置いてきた。連れてけ連れてけとうるさかったが、たまには一人でぶらぶらしたいと思ったのだ。

問われて組長の大五郎は「うーん」と腕を組んだ。

「先生は釣りをよくされるんですか？」

「いや、ガキの頃以来だ」

「海釣りは？」

「初めてやる」

その言葉に大五郎組のものが寄り集まって「ヒラメだ」「アジだ」と相談し始めた。

やがて大五郎が意見をまとめた。

「今の時期ならソイですかねえ。素人《しろうと》にも簡単に釣れますよ」

「素人……」

兎月が声を低くすると、大五郎はあわてて手を振った。

「釣りに慣れてないお人にも、という意味で」

「ソイってのはどんな魚だ」

それには辰治が身を乗り出して答えた。

「ソイは黒、ゴマ、シマっていろんな種類がいますが、白身で淡泊《たんぱく》なやつですね。刺身はコリコリ、焼くと身がほろほろしててうまいですよ」

「ほう」

ちょっと食欲が刺激される。

「昼間はじっとしてて夜になると餌を探して動き出すので夜釣りがおすすめです」

「夜釣りか、暑さも避けられるしいいかもな」

大五郎がぱんっと両手を合わせた。

「釣り竿はうちにもあるんでお貸ししますよ。あと釣るならいい場所がありますからご都合のよろしいときに辰治をやりますよ」

「ああ、頼むよ」

そんなやりとりのあと、釣り竿を肩に載せ帰途についた。途中でさっき感じた空腹を満たそうと蕎麦《そば》屋に寄る。

暑い日差しの中を歩いたので冷たい喉ごしを楽しみたいと思ったのだ。

「相席でもいいですかい？」

店はけっこう込んでいた。兎月と同じように暑さを避けたものが多いらしい。

大工風の男の前に座ったが、男はさっさと蕎麦をたぐるとすぐに席を立った。

間を置かず、別な人間が兎月の前の席に腰を下ろす。

（お？）

客は女だった。兎月と同じように盛りを頼む。紺地に草の葉を白く染め抜き、間に露《つゆ》か蛍か白玉が散った粋《いき》な浴衣《ゆかた》を着ている。

兎月は自分の前にきた蕎麦をすすりながら女を窺った。

女は三十路《みそじ》少し手前か、色の白い、色気のある女だ。髪を結い上げもせず、背中で束ねてむぞうさに流している。

顔を上げた兎月と目が合うとにこりと笑うが、その笑みは男の扱いを心得たような婀《あ》娜《だ》っぽいものだった。

（男慣れしてる、な……）

白い肌に眉の線がくっきりと映り、切れ長の目の端に少しだけ紅をほどこしている。

浮世絵のような美人だ。

（だけど）

どうも見たことがあるような気がしてならない。どこでだったか……と頭の中の女の顔を引っ張り出そうとしたが、悲しいほど数がない。

目の前の女が蕎麦を受け取って仰《あお》のいた。その喉につうっと汗が一滴落ちてゆく。

「あ、」

思い出した。

「あんた、人魚の」

さっと女が箸を持った手を動かし、唇の前で指を立てた。

兎月はあとの言葉を蕎麦と一緒に飲み下した。

そのあとは黙って蕎麦をすすり、すぐに食べ終わって立とうとしたとき、女が左手を兎月の右手に重ねた。

「ご一緒に」

兎月は軽く浮かせていた腰を床机《しょうぎ》に戻した。

蕎麦を食べ終わり、兎月は女と店を出た。外に出ると女は日差しを避けるように兎月を店と店の間の細い道に誘った。

「さっきはありがとうよ、騒がないでくれて」

女の声は夕風を思わせるように心地よいものだった。

「人魚の姐《ねえ》さんが蕎麦を食ってるとは思わなかったからな」

「人魚だからってアカコばっかり食ってるわけじゃないよ」

「あんた西の方の人か」

「おや、なんでわかるんだい？」

女はちょっと驚いたようで肩を引いて兎月を見た。

「前に大阪《おおさか》出身のやつに教えてもらった。イトミミズを俺たちはイトメと呼んでいたが、関西ではアカコって言うと」

女はにやりと笑った。

「そうだね、あたしは大阪の生まれだよ」

「そんな遠いとこから来てるのか」

「まあ、流れ流れてね。こんなとこにいるのはそういうやつばかりだろ」

女は投げやりな態度で言った。

「そうかもしれないな」

北海道まで来たのは自分の意志だが、そのあと気づいたら十年経っていたのは時に流されたと言っていいのかもしれない。

そのとき突然女は頰をひくつかせ、ぱっと後ろを振り向いた。じっと自分の背後を見つめている。

兎月はなにかいるのかと日差しの明るい通りを見たが、なにも見えない。

「どうしたんだい？」

「……いえ、ね」

女はようやくこちらを向き、小さく息を落とした。

「子供がいたような気がして」

「子供？」

女は流した髪を肩へ払って眉をひそめる。

「あたしを本物の人魚だと思い込んで通い詰めている子供だよ。こんなふうに二本の足で歩いているのに、それは人魚の幻術だと思っているのさ」

「へえ、熱心なご贔屓《ひいき》がいるもんだ」

兎月の言葉に女は赤い唇を引きつらせるように持ち上げた。

「今日はもうたらいに浸《つ》からないのか？」

「毎日浸かってたらふやけちまうよ」

くくっと女は喉で笑う。兎月も釣られて笑った。

「お兄さん、あんたなかなかいい男だね。あたし好みだ」

「そりゃどうも」

「ね、」

女は小さな手のひらを兎月の胸にぴたりと這わせた。

「ちょっと遊ばないかい？」

「え？」

「……人魚の尾の奥が気にならないかい？」

「それは――」

女の首は紺地から覗くせいかいっそう白く、かすかに浮く汗がなまめかしく肌を輝かせていた。

こんなに女に近づいたのは、昨冬にアメリカの令嬢に押し倒されて以来だ――。

思い出したとたん、胸がひんやりと冷え、兎月は女を柔く押し返した。

「……俺は函館山にある宇佐伎神社の兎月ってもんだ」

「神社？　まさかあんた神主さんかい？」

女が信じられないと目を見開く。

「神主じゃねえ。だが縁あって神社を護る役目を持っている。あんたに手を出したらうちの神さんが怒りそうなんでな、遠慮しておくよ」

兎月の脳裏にぷーぷーと唸っているうさぎの姿が浮かぶ。

「おやまあ……そのカミサンとやらは紅をさして丸髷《まるまげ》を結ってんのかい？」

「いや、白い毛虫だ」

女はまた喉の奥でくっくと笑った。

「まあそういうことにしておいてやるよ」

女はようやく兎月の胸から手を引いた。

「あんたら、しばらくは函館にいるのか？」

「この夏はね」

「なにか困ったことがあったら宇佐伎神社に来い。できることなら力になるよ」

「ありがとよ」

女はいったん背を向けたが、またくるりと振り返った。

「あたしはお蔦《つた》だよ」

「お蔦さん」

「さんはいらないよ、兎月の旦那」

お蔦の顔がぐっと近づいた。えっと兎月が目を瞠った瞬間、口の横を柔らかなものがかすめた。それはすぐに離れて目の前を女の黒髪が去ってゆく。

だがお蔦の使うおしろいと汗のまじった香りは、兎月の鼻腔《びこう》に甘く残った。

石段を上りきり、神社の鳥居の前に立って、兎月は大きく息をついた。

鳥居をくぐる前に着物の前をぱたぱたと叩《はた》く。なんとなくまだお蔦の香りが残ってい
るような気がしたからだ。

(いや、ツクヨミになんかわかるはずはない。あいつはガキだし)

女の香りうんぬんより、隙をつかれていいようにされたことが気恥ずかしかった。

(土方《ひじかた》さんならうまく交わしてしまうんだろうけどなあ)

こんなことであの人を思い出すのも申し訳ない。

北海道の土方しか知らないが、あの人は女にもてた。

こんなことがあった。旧幕府軍が戦費のため函館の住民に課税しようという計画が
あったのを土方が止めた。人心を敵に回すことの愚かさを知っていたのだ。その行為に

感謝した函館の住人たちが、後に称名寺《しょうみょうじ》に慰霊碑を建てている。

「なに、京にいたときの失敗から学んだのさ」

五稜郭でその話になったとき、土方が話してくれた。

新撰組《しんせんぐみ》に横暴な隊長がいて、借金の申し込みをするのに大砲を打ち込み商家から嫌われたというのだ。その轍《てつ》を踏みたくなかったのだろう。

その行動のおかげで、函館の商人たちは彼に感謝し、進んで寄付や付け届けをしてくれた。そして呼ばれた宴席では、女たちは誰が土方のそばをとるかで争いになった……と聞いていた。

「一晩で三人を相手にした」

「いや、誰にも指一本触れず、女たちは袖を涙で濡らしたらしい」

兵たちは好き勝手に噂し、楽しんでいたものだった……。

「よし」

一瞬記憶の波に浸っていた兎月は、息を止めて鳥居をくぐった。もちろん神罰など当たるわけがない。

「おお、帰ったか兎月」

神社にいたツクヨミが手を上げる。兎月は境内を避けてすぐに厨へ向かった。着物を脱ぐと、瓶の水を桶ですくい、頭からかぶる。

「なんだ、そんなに暑かったのか」

ツクヨミは賽銭箱の上から呆れたように言葉を投げる。

「地上はゆだるくらいだ」

「そんなにか？」

ツクヨミは首を傾《かし》げて麓の町を見る。

「そんなにだ」

「兎月、おまえまた喧嘩したのか？」

続けてかけられた声に兎月は眉根を寄せた。

「喧嘩？　そんなものしていない……」

「口の横が赤くなっている」

兎月はぱっと口を押さえ、ごしごしと擦った。

「なんでもない。ええっと……ほおずきを食ったんだ」

「ふうん？」

別に隠すことでもないのだが、あどけない顔のツクヨミに言うことがためらわれた。

『トゲツ　ナンカヘン』

『ムネノオト　ドキドキ』

うさぎたちがぴょんぴょん周りを飛び跳ねる。

「い、石段を上ってきたんだから鼓動は速まるだろう？」

『ソォーカァ？』

一羽が兎月の足下からのけぞるようにして見上げる。

『ソォーカァァァ？』

もう一羽が瓶の縁まで飛び上がって耳を傾けた。

「てめえらはカラスか」

兎月は言い捨ててもう一回水をかぶった。うさぎたちが悲鳴を上げて撥ね水から逃げ出す。

「ツクヨミ、今度一緒に夜釣りに行くか？　辰治が連れていってくれるらしい」

大声を上げるとツクヨミが賽銭箱から飛び降りて嬉しそうに近づいてきた。

「うむ、楽しみだ！」

若干の後ろめたさを感じながら兎月はうなずいた。

その後、もう一度だけ兎月は町でお蔦を見た。そのときお蔦は身なりのいい、商家の若旦那風の男と一緒だった。

男によりそい、胸に手を置いていたが、その腕に怪我でもしたのか白い布が巻かれていたのが印象的だった。

見ている兎月にお蔦が気づき、軽く片目をつぶってよこした。

なぜだか兎月の方が決まり悪く、二人から目を逸《そ》らしてしまった。

二

ある日の午後、黒木が石段をものすごい勢いで駆け上がってきた。兎月はそのとき階に腰かけ、ちまちまと神籤《くじ》を作っていたのだが、その前にぜえぜえと荒い息を吐いて立ちふさがった。

「おいっ」

「なんだよ、なにかあったのか」

兎月は黒木に視線を向けたが、神籤を畳む作業はやめなかった。

「大事件だ」

「怪ノモノが出たのか？」

「お葉さんの店に異人がいた！」

腰を上げかけた兎月はまた元のように座った。

「そりゃあいるだろう。人気の店だ」

「金髪で背が高くて色男だ！」

兎月の脳裏にアーチー・パーシバルの顔が浮かぶ。

「そいつがお葉さんととても親しそうに話していたんだ！」

「……それが大事件か？」

「大事件だろうが！」

うんざりした気持ちで兎月は首を振った。

「パーシバル商会は満月堂のお得意さんだ。来ていたのはたぶん、アーチー・パーシバルだろう。あいつはお葉さんの菓子が好きなんだ。ただの客だよ」

「しかし長く話していたし、お葉さんはずいぶん愛想がよかったし」

兎月は膝の上に載せていた神籤を箱に入れた。

「おまえ、店の外で見張っているのか？」

「そ、そんなわけじゃねえ。たまたまだ」

黒木は巡査の制帽を脱ぐと、短く刈った頭をガリガリとかきむしった。

「お葉さんに惚れているならとっととそう言えばいいじゃねえか」

「おまえはバカだな」

黒木はそっけない口調で罵倒する。

「なにをぅ！」

兎月が吠える。

「お葉さんがまだ俺に惚れてない段階で俺が好きだと言ったらどうなる。明日から店に通えなくなるじゃねえか！」

「お葉さんがおまえに惚れるのを待ってたら先に寿命がきちまうよ」

「なにをぅ！」

今度は黒木が吠えた。

「じゃあさっさとお葉さんがてめえに惚れるような真似をしてみればいいだろ」

「さてそこだ」

「どこだよ」

「お葉さんはどうしたら俺に惚れてくれるかなあ」

「知るか！」

掛合噺《かけあいばやし》のようなやりとりのあと、黒木はしおしおと帰っていった。とりあえずお葉さんの心にはまだ死んだ旦那がいて、パーシバルにも他の誰にも、今のところは心を動かされていないという話を信じたらしい。いや、信じたいのか。

「面倒くせえな、もう」

「黒木と仲がいいな、兎月」

ずっとそばにいて二人の会話を面白そうに聞いていたツクヨミが言った。

「仲なんかよくねえよ」

「そうか、黒木といると常よりよくしゃべる」

「話しやすいことは確かだがな」

「それより客が来るぞ」

「客？」

目の前に小さなつむじ風が巻き起こったと思うと、そこに赤い着物を着た女が現れた。

たっぷりとした黒髪を後ろに流した細面の女——豊川稲荷《とよかわいなり》の主神、豊川だ。

「よう、花見以来だな」

北海道には稲荷がいくつもある。それらを束ねる豊川稲荷はツクヨミを気に入っているらしく、しょっちゅう遊び——いや、面倒事を持ち込んでくる。

「ちょいとうちの妹を助けてやってくれないかね」

豊川の言う妹とは、豊川稲荷の分社の狐《きつね》のことを言う。

「春日町《かすが》にある稲荷なんだけどね、そこに幽霊が出るんだよ」
「幽霊だって？　寺じゃなく稲荷神社にか？」
「ああ、若い娘の幽霊でね……戌《いぬ》の刻になると鳥居を通ってやってくるんだ」

他の神社に出る幽霊などに関わる義理はない、とツクヨミは最後まで反対していた。

だがツクヨミの反対は、幽霊が怖いせいなのだろう。

函館山から下りてくる怪ノモノは平気なくせに、ツクヨミは臆病になる。「物語」の力が持つ恐怖が苦手らしい。今回も豊川が若い娘の幽霊を身振り手振りで描写すると震えあがった。

だが結局その日の夜のうちに、兎月はツクヨミ、豊川と一緒に春日町稲荷にやってきた。近所に商家も多いそこは、この辺りの人々にも親しまれ、境内はきれいに掃き清められ、小さな社《やしろ》も手入れされていた。

空には夏の三日月が浮かび、町の屋根屋根を輝かせている。昼間の陽の名残が石畳の上に少しだけ残っていた。

春日町稲荷の鳥居の前に、やはり赤い着物を着た女が待っていた。豊川にそっくりだが幾分ふっくらとしている。商家の若女将風の髷を結い、昼夜帯を片流しにしている豊川と違って、きちんと文庫に結んでいる。

「ご足労いただきありがとうございます」

春日の狐は愛想のいい笑顔を見せた。

「幽霊に困っているんだって？」

「はい。幽霊は陰《いん》のものでございます。それがこの場にいるだけでここらの運気は下がってしまいます。人に視えるようなものではないのですが、やはりなにか感じ取るのか、最近は参拝客にも避けられていて」

春日は頬に片手を当てた。そんな仕草も若女将風だ。

「おまえたちに視えているのならなんとか説得してやりゃいいんじゃねえのか？」

「それがあたしたちの言葉は届かないようなんだ」

豊川は腕組みをして社を振り向いた。

「じゃあ俺に斬れって言うのか？」

兎月は腰の刀に手をかけるような真似をした。

「いえいえ」

春日はあわてたように手を振った。

「あの幽霊――お栄《えい》という娘なんですが、あれも長年うちの氏子《うじこ》でありましたから、そんな物騒なことをせずに、なんとか天へ戻してやりたいんでございますよ。おそらくあの娘の願いが叶えば成仏《じょうぶつ》するのではないかと」

「願いだと？」

「その娘の霊、お百度参りをしているんだよ」


戌の刻になって、町にも人通りが絶えた。風が少し強くなり、木々の葉をざわつかせる。

兎月たちは春日町稲荷の参道に身をひそめていた。

「毎晩戌《いぬ》の刻にお栄は鳥居をくぐってやってきます」

春日がたもとで口元を押さえ、囁いた。

「手水《ちょうず》で手を清め、本殿の前で祈り、鳥居まで戻ってまたくぐってやってくる……それを半刻ほどの間続けます。生きているときも毎晩やってました。生きている間は結局百回には届きませんでした。それが心残りなのかと」

「死んだあとのお参りも数に入れられるのかい？」

兎月は不安そうな顔の春日に目をやった。

「おそらくは」

「じゃあほっときゃいいじゃねえか。百回達成したら消えるんだろ」

「でもその……あの子の願いは尋常なものではなくて……できれば叶えさせたくないのです」

「いったいどんな願いなんだ」

そのとき、懐の中でうさぎがとん、と胸を蹴った。

「兎月、来たぞ」

正面に見える鳥居の下にぼんやりとした白い影が浮かぶ。その影はこちらに近づきながら人の姿に変わっていった。それは手水場で手を洗い、素足でゆらゆらと参道を歩いてくる。

「足はあるんだな」

兎月は妙なところで感心した。

やがて着物に描かれた柄まで見えるくらいにはっきりとした姿となり、娘は本殿の前で祈りを捧げた。丸顔の愛らしい娘だった。

「しね……」

娘の声というか、言葉がいきなり兎月の頭に入ってきた。

「しね……しね……しね……」

愛らしかった顔は今は醜く変化し、般若《はんにゃ》の形相にも見える。

兎月の懐でうさぎの姿のツクヨミがぶるぶると震え出す。豊川も白い面に剣呑《けんのう》な表情を乗せた。

祈りを終えたお栄はすうっと表情を消す。石を彫ったような冷たい顔でくるりと振り返り、参道をひたひたと引き返した。鳥居の下まで戻ると腰を屈め鳥居の足下になにか置く。そのあと再びこちらに向き直った。

もう一度来るらしい。

「死ねって言ってたな」

「はい」

「ずっとああ言っているのか」

「生きているときは違いました。『あの人が戻りますように』と願ってました」

春日はつらそうな顔でこちらへ戻ってくるお栄を見つめていた。

「それが『あの女と別れますように』に変わり、『あの女がはやく町から出ていくように』と変わり、死ぬ前には『死んでくれるように』『死ね、死んでしまえ』『殺してやる』……とだんだん過激な言葉になっていったんです」

「女、ねえ……」

「あれは呪いだよ」

豊川が胸の下で腕を組む。

「お百度参りが成就したら呪いが完成するかもしれないね」

兎月は以前、宇佐伎神社の林の中で丑《うし》の刻参りをしていたお甲《こう》の姿を思い出した。相手の死を願う強い憎しみ……お甲の呪いを妨げたのは兎月だったが、結局呪われた相手は死んだ。もちろん兎月もお甲も手は出していない。自業自得の死だった。

「でもお百度参りを成就させないと成仏しないんだよな」

再び目の前を通り過ぎるお栄を目で追って、兎月は呟いた。

「こんな呪いを完成させてはならん！」

ツクヨミが自分の耳を摑んでぎゅっと下にさげて怒鳴った。

「神社に呪いを願えばこの場が穢《けが》れてしまうぞ」

「いったい誰をそんなに憎んでいるんだ？」

頭の中に響く「死ね」の声を、兎月は首を振って払いのけた。

「それはわかりません……名前は告げないんです」

春日が兎月にすがるような目を向ける。

「おい、まさか……お栄の呪っている相手を探せと言うんじゃないだろうな」

「そのとおりです。呪いを成就させないように、でも願いを成就させるように……それだけ憎んでいる相手ということは、お栄になにかひどいことをしたんだと思います。だから直接謝罪させればお栄の気持ちも晴れるのではないでしょうか？」

春日は自分が稲荷の主神であるのに、人間の兎月を手を組んで見上げてくる。

「あのな、人間の気持ちってのはそんなに簡単なものじゃないぞ。謝って済むようなものじゃないかもしれねえ」

「でも私の氏子に人を呪い殺すようなことをさせたくないんです」

「兎月、春日はこの場を負の気で染めたくないと言ってるんだよ。この辺り一帯の商売に影響するからねえ」

豊川が鳥居の向こうに目を向けた。

「手を貸してくれないかね、兎月。こういうのはあんたたち人間でないと解決できない」

「豊川、兎月は我の神使だ。勝手に使われては困る」

ツクヨミうさぎがぶーぶーと不満の声を上げる。

「兎月、断っていいのだぞ」

兎月は再び参道を進んでくる娘を見つめた。白い顔には表情はなかったが、がっくりと落とした肩が夏だというのに寒そうだった。

年の頃はまだ十七、八だろう。若い娘が生前こうやって一人夜の神社に参りに来るのは恐ろしいことだろう。それでも神にすがるしかなかったのだ。

そして死後もその思いにとらわれ、心安らげないでいる。

「哀れだな」

お栄はもう一度お参りし、鳥居の下に戻ると同じように身を屈め、そして消えた。

兎月は隠れていた場所から出ると、お栄がいた鳥居の下に行ってみた。すると白い小石が鳥居の柱を囲むように置かれている。

お百度参りでは自分が何回参ったか把握するために縄にこよりを結んだり、賽銭箱に小銭を置いたりする。お栄はこうやって石を置いて目安にしていたのだ。

「ひい、ふう、みい……」

兎月は石の数を数えてみた。八十七個あった。

「百まであと十三回……」

兎月は立ち上がると稲荷たちに言った。

「こりゃあとっとと動いた方がいいようだ」

翌日、兎月は春日から聞いたお栄の家へ向かった。ツクヨミうさぎは懐の中に押し込んでいる。

何軒も回ることになるかもしれないので本当は置いていきたかったのだが、ツクヨミが頑として譲らなかったのだ。

「おぬしは一人だとやりすぎるから、我がついていってやるのだ」

ツクヨミうさぎはふんふんと鼻で激しく息を吐きながら言った。

「わかった。そのかわり絶対出てくるんじゃねえぞ」

お栄の家は筆屋だったが、今は戸を閉め「忌中」という紙が貼られている。

(最近この文字をよく見るな)

なんだか冷たい風に吹かれたような気がして、兎月は首をすくめた。

宇佐伎神社の兎月と名乗り焼香させてほしいと申し出ると、名を聞き知っていたらしい主人と女房は、喜んで仏前に案内してくれた。

娘、お栄が死んだのはつい五日ほど前らしい。

「突然心臓が止まったようでして」

母親はそう言ってたもとを涙で濡らした。

「許婚《いいなずけ》の貞吉《さだきち》さんと出かけていたときでした。貞吉さんが急いでお医者に診せてくれたのですが、運び込んだときにはもう息が止まっていて」

「許婚？　お栄さんには決まった相手がいたのか」

「はい。紙問屋《かみどんや》の箱善《はこぜん》さんの息子さんです」

なるほど紙と筆なら店同士も相性はいい。

「お栄は秋に貞吉さんと祝言を挙げることになっていました。幸せいっぱいだったのに、どうしてこんなことに……」

わっと母親が畳の上に泣き崩れ、父親はその背中を撫でた。

「お栄さんが近所の稲荷に通っていたという話を聞いたのだが」

そう言うと父親はうなずいた。

「少し前から毎晩通っていました。なにをお参りしているのかは教えてはくれませんでしたが……おそらく貞吉との将来を祈っていたんでしょう」

では両親は知らないのだ。お栄に殺したいほど憎い相手がいたことを。おそらく両親の前では幸せいっぱいの娘を演じてたのだろう。

（〝あの女と別れますように〟という願いは貞吉に向けたものだったのか。許婚に女ができたのか）

お栄はそれを両親に相談できず、不安が憎しみを育ててしまったのかもしれない。

「お栄さんには仲良しの女友達がいませんでしたか？」

母親は「お伊乃《いの》ちゃんという子がいます」と教えてくれた。

「近所の小料理屋の娘さんで、お揃《そろ》いの着物を作るくらい仲良しでした」

教えてもらった料理屋「盛升屋《もりますや》」へ行くと、「いらっしゃい」と元気のよい声が迎えてくれた。

兎月が席につくと、ここでようやくツクヨミうさぎは懐から顔を出した。

「娘の友人に話を聞くのか？」

「ああ。親に言えないことも友人になら話しているかもしれない」

囁き合っていると、鮮やかな黄八丈《きはちじょう》をしゃっきりと決めた若い娘が注文をとりに来た。懐のうさぎを見て目を細める。

「あら、かわいい。お客さん、うさぎは持ち込みなの？　鍋にでもするの？」

北海道の人間は基本うさぎは食い物だと思っているようだ。兎月はぶーぶー文句を言い始めたツクヨミうさぎを懐に押し込むと「こいつは食材じゃない。酒と、イカの刺身を頼む」と注文した。

「はい、ありがとうございます」

娘はくるりと帯の羽を翻し、板場へ戻った。じきに真っ白なイカと徳利《とっくり》が運ばれてくる。

イカにはいろいろな種類がある。ぱきぱきとした触感のコウイカ、ねっとりした甘みの強いスルメイカ。それにアオリイカ、ケンサキイカ。

北海道に来てからイカにもいろいろな種類があることを知り、兎月の好物のひとつとなった。刺身でも焼いても煮てもうまい。干物をあぶったのも大好きだ。

あっというまに徳利がからからになったので追加を頼んだ。

「飲みすぎるなよ」

うさぎがとんとんと足で兎月の胸を蹴る。

「平気さ」

店の娘がすぐに徳利を運んできた。

「昼間から大丈夫ですかあ」

娘は人なつこい調子で笑った。

「このくらいじゃ酔わないさ。それよりあんたがお伊乃さんかい？」

突然名を呼ばれた娘は、笑顔を消して警戒する表情になる。

「筆屋のお栄さんと親しかったんだって？」

「お栄ちゃん？」

「俺は宇佐伎神社の兎月ってもんだ。お栄さんのことで少し話を聞かせてもらいたいんだよ」

娘はぱっと目を見開き、小さく叫んだ。

「宇佐伎神社⁉　じゃあお客さんがうさぎの用心棒さんなんですか？」

そんなふうに呼ばれているのかとうんざりする。そのうち頭に長い耳が生えそうだ。

「ちょっと待っててください」

お伊乃は板場に行き、中の人間となにか話してまた戻ってきた。

「あまり長くは話せないけど」

兎月は自分の前の席を促した。お伊乃は紺色の前掛けを外すと床机に腰を下ろす。

「なんでうさぎの用心棒さんがお栄ちゃんのことを？」

「若い娘が急に死んだっていうからな、気になったんだ。さっき筆屋にも行って線香をあげさせてもらった」

好奇心で目を輝かせていたお伊乃は、それを聞いてきゅっと唇を結び、卓の上に身を乗り出した。

「お栄ちゃん、殺されたのよ」

辺りを憚《はばか》ってか囁き声で言う。

「そりゃあ物騒だな」

兎月は徳利の首をつまんで杯に注《つ》いだ。

「絶対よ、殺したのは――」

「誰だ？」

「貞吉さんよ」

兎月は杯をあおるとトンと卓の上に置いた。

「お栄さんの許婚のか？」

お伊乃は小さく顎を引く。

「だが筆屋の親御は、お栄さんは祝言を楽しみにしてたと」

お伊乃は素早く兎月を遮った。

「貞吉さんに女ができたの」

そのあと店内に目を配り、まるで誰かに聞かれるのを恐れるように小声で言った。

「それでお栄ちゃんと別れたがってたの」

「あんたはなんでそれを？」

「お栄ちゃんに……相談されてたのよ」

やはり両親にも言えない悩みを友人に打ち明けていたのだ。

「それであんたはなんて言ったんだ」

「おとっつあんやおっかさんに話せって言ったの。でもお栄ちゃんはできないって……。貞吉さんのお店の箱善さんとは店同士で懇意にしているから、溝をつくるわけにいかないって」

「ふむ」

お伊乃は膝の上の前掛けを手でぎゅっと握りしめた。

「お栄ちゃんは貞吉さんが自分のところへ戻ってきてくれると信じてたの。だって相手は旅から旅の流れ者だもの。函館から出てしまえばもう大丈夫だって」

「流れ者？」

「なのに貞吉さんってばその女を引き留めて町に家を持たせるなんて言い出したって言うのよ。あんまりじゃない？　祝言の前から妾《めかけ》を用意するって言ってんのよ。その話をしたときのお栄ちゃん怖かったわ。絶対なにかやると思ってたけど、まさか斬りつけるなんて――」

「待て待て待て、話が急すぎる」

兎月は立て板に水、いや、桶でぶちまけるような勢いのお伊乃の言葉を途中で止めた。

「お栄が殺されたって言ったよな？　だけどお栄が斬りつけた？　相手は流れ者？　いったん整理してくれ」

「ああ……」

お伊乃は口に手を当てた。

「ごめんなさい、あたしも腹に据えかねてたから……それに口止めされててずっと話せなかったの」

「まず、貞吉の相手は誰だ？　あんたも知っているのか？」

「函館中の人が知ってるわよ」

お伊乃はきりきりと眉を吊り上げる。

「見世物小屋の人魚だから！」

三

お伊乃の話では貞吉は見世物小屋に行って人魚を見てから、すっかり心を奪われたらしい。

毎日のように通い詰め、小屋の男に金を渡して人魚の女と出会い茶屋にまで行ったという。そしてますますのぼせ上がり、最近では白昼堂々と連れだって歩いているという話だ。

それで兎月は人魚のお蔦が以前身なりのいい男と歩いていたことを思い出した。あれが箱善屋の若旦那、貞吉だったのか。

そしてお蔦の腕のあの包帯は……。

「お栄ちゃんも思い詰めてね、家から包丁を持ち出したの。あの人魚に話をつけるって言って。お栄ちゃんてさ、思い込んだらそれしか見えないみたいなところもあって、一途っていうか、ちょっと単純っていうか」

お伊乃は自身が斬りつけられたかのように痛そうな顔をした。

「どこでやったのかはわからないんだけど、相手の腕に傷をつけてしまったって落ち込んでいたわ。あたしは向こうが悪いんだから気にするなって言ったんだけど」

あれはお栄の仕業だったのか。それにしても自分の許婚がそんな真似をしたというのに、貞吉という男は気にならなかったのか。

いや、あのときはお蔦にばかり目がいって相手の男の顔には注意を払わなかったから、貞吉がどう思っていたのかはわからない。

（しかし、貞吉がお栄を殺したというのは……）

お伊乃は信じ込んでいるようだったが、兎月には育ちのいい若旦那がそんな危険な真似をするとは思えない。

（とりあえずお蔦に会おう）

　兎月は見世物小屋に急いで向かった。


「きゃ……っ」

　見世物小屋ののぼりが見えてきたとき、兎月は前から来た女とぶつかってしまった。とっさに着物の上からうさぎを押さえる。

「すまねえ、急いでいたもんで」

　言いかけて兎月は驚いた。相手がお蔦だったからだ。

「人魚の姐さん」

「あ、あんた確か神社の……」

　お蔦は怯えた顔をしていた。

「ごめんよ、こっちも前を見てなくて」

「ちょうどよかった。あんたに話があって来たんだ」

　お蔦はそう言う兎月の腕をぐいと引っ張った。

「あ、あたしの後ろに子供がいないかい？」

「子供？」

そういえば前もそんなことを言ってたな、と兎月はお蔦の背後を見た。だが、通りを歩いているのは大人だけだ。

「いや、子供は見あたらねえな」

「そうかい……」

お蔦は息を吐き、こわごわと後ろを振り返った。

「どうしたんだい」

「ちょっと、こっちへ」

お蔦は兎月を並ぶ店の裏側へ誘った。背中を壁に押し当て辺りを見回す。

「この間もそうだったが、なんでそんな子供を怖がる。あんたを人魚だと思って追いかけているだけだろう?」

「……」

お蔦は相変わらず結ってない髪を乱暴に後ろに振り払った。少し濡れているところを見ると、さっきまで仕事をしていたのかもしれない。

「気持ちの悪い子供なんだよ」

お蔦は吐き捨てるように言った。

「見世物の初日から毎日見に来ているんだよ……十ばかりの男の子で……」

「ふうん、ずいぶん気に入られたもんだな」

「そんなんじゃないよ。店のものが聞いたらしいんだけど、その子、あたしの肝を狙ってるらしいんだ」

「肝？」

兎月は思わずお蔦の腹の辺りを見た。正確に肝の位置などわからないが、内臓であることは知っている。

懐のツクヨミもその言葉に反応してもぞりと動いた。

「人魚の肝は不老不死の薬になるんだってよ」

「へえ？」

そんな話は初めて聞いた。だがそんなことよりツクヨミがなにか言いたげに動くので、兎月は懐に手を入れてその頭を押さえなければならなかった。

「それでその子は舞台がはけてあたしが外へ出るとついてまわるようになったんだ。肝を財布とでも勘違いしているのかね。そんなのようよう落としゃしないのに」

「なんで肝が――不老不死の薬が欲しいんだ、そいつは」

お蔦は肩をすくめたあとそれを勢いよく落として首を振る。

「おっかさんが病なんだってさ。そりゃあかわいそうだけど、だからってあたしも、はいどうぞってあげるわけにはいかないよ」

「そりゃあそうだ。だけど相手は子供だろ？　そんなに怖がることは……」

兎月の言葉を途中でお蔦が遮った。

「あたしも最初はそう思っていたよ。だけど日に日にその子の目つきが思い詰めたようになってきて怖くなって……今も小屋を出てからずっとつけられててさ」

お蔦はもう一度辺りを見回した。

「誰か人がいると追ってこないようなんだ。助かったよ」

「そうか」

お蔦は兎月の胸の辺りにじっと目を注いだ。

「ねえ、あんた懐になにを入れているんだい？」

「え？」

「さっき動いてたよ」

「いや、それは――」

言っているうちにうさぎがひょいと顔を出した。お蔦が目を丸くする。

「やだ、かわいい！　うさぎじゃないか」

「あ、ああ。神社のうさぎだ」

「触ってもいいかい？」

お蔦が遠慮がちに聞く。兎月はうさぎを懐から出し、お蔦に抱かせてやった。

「わあ、かわいい。柔らかい！　ふわふわだ」

うさぎを抱きしめ頬を擦りつけるお蔦は少女のようにあどけなく見えた。

「で？　話ってなにさ」

お蔦はすっかり元の様子に戻ってうさぎを撫でながら兎月を見上げた。

「貞吉って若旦那とつきあってるそうだな」

「貞吉？　――ああ、つきあってたよ」

お蔦は隠すでもなくあっさりと答えた。

「つきあってた？」

鼻先で笑ってお蔦はうさぎを抱いたまま兎月に身を寄せる。

「今はもう別れたよ。独り身さ、安心したかい？」

流し目で見られて兎月はあわてた。お蔦に抱かれたツクヨミがじっと見ている。この状態で先日のようなことになると困る。

「い、いや、そういう意味じゃない。じゃあその貞吉の許婚だったお栄は知っているな？」

「ああ……」

お蔦は歯が疼《うず》いたように顔をしかめた。

「知ってるよ、あたしの体を傷ものにしやがった」

そう言ってうさぎを抱き直して逆の腕を持ち上げた。たもとがするりと下がると白い腕がにゅっと兎月の前に突き出される。そこにうっすらと赤い筋が見えた。案外大きな傷痕だった。

「小屋が終わったあと呼び出されて、ちょっと話してたと思ったらいきなり包丁で斬りつけやがったんだよ」

「斬りつけられるようなことをしたからだろ。お栄の許婚を奪ったんだ」

兎月の言葉にお蔦はきれいな眉を吊り上げた。

「あたしのせいじゃないよ。あの若旦那が勝手にのぼせただけだ」

「だけどここに家を持たせるって言われて承諾したんだろう？」

「……まあねえ」

お蔦は大きく息をして肩を落とす。そっとうさぎの背中を撫でた。

「あたしももうじき三十路《みそじ》だ。いつまでも魚の尻尾をくっつけてはいられない。だからひとつところに落ち着けるならそうしたいと思ったんだよ」

「妾になろうと思ったんだな」

板塀に背中をもたせかけて、お蔦は軒の向こうに見える青空に目をやった。

「あたしだってさ、元からこうじゃなかったんだ。大阪の生まれだって言っただろ。当時はちょっとしたお店の嬢《いと》さんだったんだよ」

「ほう？」

「だけど十年……もう十二年も前か。鳥羽伏見《とばふしみ》で戦があっただろ？」

ああ、と兎月はうなずいた。自分は参加していないが、先に上洛《じょうらく》した兄が新撰組隊士として参加した戦だ。そしてその場で戦死した。

「うちは大阪だったから被害はなかったんだけど、取引させてもらっていた相手はほとんど京にいてね。京がめちゃくちゃになったからうちもアオリを受けて店が潰れてしまったんだ。おとっつあんは早々に病気で死んでしまって、あたしはおっかさんを抱えて路頭に迷ってしまった」

事実だけを述べる淡々とした調子でお蔦は話した。

「結局女が売れるものは自分の体しかなかったから、すぐに花街に身を落としたよ。そしたら堕《お》ちるのはすぐさ。嬢さんだった頃の記憶なんてもう夢の中にしかない。おっかさんが死んだあと、なんとか抜け出してもまともに稼げなくて、しばらくしてあの見世物小屋に拾ってもらったんだ」

お蔦の目も声も乾いていた。たった十二年前。けれど女の心が渇くには十分な時間だったのだろう。うさぎはお蔦の腕の中で、じっと聞いているふうだった。

「あたしは大阪を離れたかったから旅巡りは都合がよかった。新しい町、知らない町で、なんとか幸せを摑もうとしたんだけどね……」

お蔦は寒さを感じたかのようにうさぎに顔を埋める。

「妾でもいいんだ。ひとつところに落ち着きたかった。ここはまっさらな土地だし、気に入ったんだよ。やっと平穏な生活ができると喜んでた」

何度大火で焼けても営みを取り戻そうとする町。常にどこかで新しい家の柱を立てる音が、釘を打つ音が響く町。新しい生活を志すにはぴったりの町だと兎月も思っていた。

「だけど若旦那がこの件ですっかり許婚を怖がるようになってね。まあ包丁を振り回す娘におよび腰になったんだろう」

お蔦は空に向けていた目を兎月に戻した。少し面白がっているような表情になる。

「婚約を解消してあたしを嫁にするとか言い出したんだよ。まさかね、そんな話になるなんて思わなかった」

「まじか」

大店《おおだな》の若旦那が旅芸人を嫁にすると言い出すなど、両親が絶対に許しはしないだろう。兎月は若旦那の脳天気さに呆れた。

「だけど結婚なんて当人同士の話じゃない。店同士のつきあいだ。このままだと互いに不満が残っても結婚させられるって若旦那は思い詰めていたよ。だから」

「だから――殺した？」

お蔦はうなずいた。

「じゃあなんでおまえと別れた？　お栄が死んでこれで大手を振っておまえと一緒になれるじゃないか」

「さあね。そんなのあたしが知りたいよ。大店の女将さんになれると思ったのに。しょせん、臆病な男にはいろいろと無理だったんだろうよ」

お蔦の声には残念そうな色はなかった。瞳と同じ乾いた口調で「あはは」とうさぎを見つめて笑いかけた。

四

お蔦は買い物に行くと言ってうさぎを返し去っていった。ツクヨミうさぎは耳をぷるぷると震わせ、その後ろ姿を見送る。

「あの女も苦労したのだなあ」

ツクヨミはしんみりと呟いた。うさぎを抱いて笑っていた顔には「嬢さん」だった頃の面影があっただろうか。

「そうだな、旅から旅で水に浸かってるのもつらいだろう」

「貞吉という男、許せんな。結局二人の女を不幸にして」

ぶぶぶと毛を逆立てるうさぎの首を、兎月は指先で撫でて慰めた。

「本当に貞吉が殺したとして――どうやって殺したんだろう？　医者にも運んで心臓が止まったという判断だったんだろう？」

「うむ。不思議だな」

兎月はしばらく考えていた。ツクヨミうさぎは兎月の胸に前脚をかけ、後ろ脚で軽く蹴り上げると器用に肩まで上ってしまった。

「そういえば、さっきなにか言いたかったのか？」

兎月はうさぎが落ちないように体の反対側に手を当てた。

「さっき？」

「お蔦が肝の話をしていたときだ、飛び出しそうだったぞ」

「ああ、あれはそういう話を聞いたことがあったからだ」

ツクヨミは兎月の耳元で囁いた。小声なので他のものが見ても口をもぐもぐさせているとしか思わないだろう。

「うむ。昔、人魚の肉を食べて不老不死になった八百比丘尼《やおびくに》というものがいたのだ」

「不老不死の話か？」

「肝ではなく肉？」

「肝でも肉でも変わりはないだろう。要は人魚であるということが重要なのだ」

「ふうん」

兎月は歩き出した。

「どこへ行くのだ？」

「お栄の死について話を聞いてみようかと思ってな」

「うむ、貞吉のところに乗り込むのだな？」

ツクヨミうさぎは肩の上ですっくと立ち上がった。それを兎月は手で押さえつける。

「いや、先に証拠固めをする。お栄を診た医者のところへ行こう」

翌日、兎月はもう一度筆屋に行き、お栄がかつぎ込まれたという医者の家を聞いた。

函館には函館病院もあったが、一般市民にはまだまだ敷居が高く、在野の個人医、診療所も頼りにされていた。

お栄を診たのは北慎庵《ほくしんあん》という町医者だった。

「運び込まれたときにはほとんど息はありませんでしたな」

医者の北慎はお栄のことをよく覚えていた。痩せた顔色の悪い男で、兎月はなんとなく番茶の葉を思い出してしまった。

「若い娘がいきなり心の臓が止まるようなことがあるのかい」

「滅多にないでしょうが決してないとは言えませんな」

「首を絞められたり殴られたり……そんな外傷はなかったのかい？」

「ありませんでしたな」

木で鼻をくくったようなとはこんな返答を言うのだろうな、と思わせる冷淡な返事だった。

医者は半眼にした目を動かさず、表情も変えない。これ以上聞いても無駄だな、と兎月は診療所をあとにした。

「……あのっ」

しかし、通りに出てしばらくしたとき、後ろから走ってくる若い男がいた。雪駄《せった》に青い作務衣《さむえ》姿で、医者の助手のようだった。

「あの、先ほど筆屋のお栄さんのことについて尋ねていらっしゃいましたね」

男は背後を気にしているのか何度も振り返りながら言った。

「ああ、あんたは？」

「私は北慎先生の助手をしている松尾《まつお》というものです」

やはり助手だった。彼が気にしているのは師匠なのだろう。北慎とは違って全体的に丸く、柔らかな印象の男だ。

「な、なぜお栄さんの死因についてお尋ねになっているのですか？」

「ああ……」

兎月は懐に手を入れた。ツクヨミうさぎは今はその中にしまっている。

「お栄が殺されたと言っているものがいたんでな」

松尾は動揺したようだった。丸い顔にどっと汗が吹き出す。

「あんた、お栄を診察したのか？」

「い、いえ。診察は全て先生がされます。私はお栄さんが亡くなられたあと、その体をきれいにさせていただきました」

「そうか」

「それで、あの」

松尾はしばらくためらっていたようだったが、歯を食いしばるようにして顔を上げた。

「お栄さんの着物も私がきれいにしました。お栄さんは運び込まれる前に、吐かれたようなんです。なので私は食あたりが原因なのではないかと先生に申し上げました」

「食あたり？」

「でも先生は、もしそうだったらご家族が自分の家で食べさせたものに原因があると思って悲しむから、そのことは伏せるようにおっしゃって……」

「そりゃおかしいじゃねえか。お栄は許婚の貞吉と会ってたんだ。家じゃなくて貞吉となんか食ってたかもしれないのに」

松尾はしばらく口を魚のようにぱくぱくさせていたが、やがて力なく告白した。

「……先生は、箱善の若旦那から金を受け取ってました」

「なんだとう！」

叫んだのは兎月の腹の中のツクヨミだ。甲高い声に松尾が仰天する。兎月はあわてて腹を押さえて背中を向けた。

「す、すまねえ。びっくりして声がひっくり返った」

懐をぎゅうっと押さえてもう一度松尾を振り向く。

「貞吉から金をもらって食あたりの話はしなかったっていうんだな」

「は、はい」

松尾はうなだれる。肉づきのいい肩が力なく下がっていた。

「北慎先生には時折そういうことがあって……診療所を続けるのにお金が必要なことはわかるんですが、医の真実がこういうことで曲げられるのは許せなくて」

松尾の若い頬が赤く染まる。

「あと、先生は運び込まれたとき息が止まってたとおっしゃいましたが、本当はまだ少し息があって、激しい痙攣《けいれん》を起こしていました。ただ、床に寝かせたと同時に亡くなられたので、なにもできなかったことは事実です」

「嘔吐《おうと》に痙攣か……」

「助けられず残念です」

頭を下げる松尾に兎月は言った。

「あんた、あの診療所出た方がいいぜ」

「え……」

「あんたみたいな正しい人はあの医者にはついていけねえ。別のところで勉強した方がいいだろう。俺は宇佐伎神社の兎月だ。なにかあったら力になるからよ」

松尾は少しの間ぼんやりと兎月の顔を見つめていた。兎月の言ったことを考えているのかもしれない。

「あの、」

松尾はすうはあと呼吸を繰り返して、覚悟を決めたように言った。

「ほんとに殺されたと言っている人がいるんでしょうか」

「ああ、しかも二人だ」

お栄の友人のお伊乃と恋敵のお蔦。もっともお伊乃はお蔦が殺したと思っているのだろうし、お蔦は貞吉が殺したと思っているのだが。

「……もし、殺されたと言うのなら、お栄さんは毒を飲まされたのかもしれません。症状に心当たりがあります」

松尾は震える声で言った。

「毒だと!?」

「はい……」

「なんの毒だ！　毒がそんなに簡単に手に入るのか？」

「はい、簡単です。いくらでもあります」

「どこに!?」

松尾は背後を振り向き、右手で空を指した。

「函館山です。トリカブト、という花です」

翌朝、兎月とツクヨミは函館山に入った。

夏の山は濃い緑の匂いに包まれ、鳥や蟬の声がかしましい。

兎月の足下には神社の神使のうさぎたちもいた。

「五日より前に山に入った人間でトリカブトを採ったやつ、そいつが貞吉かどうか知りたい。トリカブトが生えている場所を探してくれ」

兎月の声にうさぎたちは空を飛び、地面を駆け、木々を跳ねながら森を進んだ。

「トリカブトは群れで生える。紫色の花をつけるから遠くからでもわかるはずだ」

ツクヨミもうさぎに入ったまま飛ぶように駆けた。

『トゲツ　アッタ！』

うさぎの一羽が伝えてきた。駆けつけると確かに濃い紫の花々が風を受けて揺れている。烏帽子《えぼし》のような奇妙な形の花が一本の茎にいくつもついている。見た目は美しくかわいらしい。

「これがトリカブト……」

「この草は全部に毒がある。素手で触れるなよ。時折人間がヨモギやニリンソウと間違えて摘んで食べることもある。そうするとたちまち死んでしまう」

ツクヨミは後ろ脚で立ち上がると空に顔を向けた。

しばらく待つと、木の上からリスが、草の間から狐が顔を出した。

ツクヨミはその動物たちに顔を向け、耳をせわしく動かす。

「……この辺りではしばらく人間は見ていないそうだ」

ツクヨミがそう言ったので兎月はうなずいた。

「他の場所を探してくれ」

神使のうさぎたちは函館山を駆け回った。時折兎月にトリカブトの群れの報告をする。

何カ所か回ったが、どの場所の獣に聞いても人が立ち入った気配はなかった。

「トリカブトの毒というのは松尾の見立て違いだったか……」

兎月がそう思い出した頃、また新しくトリカブトの群生が見つかった。

ぜえぜえ言いながらその場所にやってくると、先に来ていたツクヨミうさぎが耳を力なく垂らして立っている。

「ツクヨミ……」

兎月が声をかけるとツクヨミは悲しげに振り向いた。

「兎月……五日前に人間の男が来たそうだ」

「なんだって？」

「鎌でトリカブトを何本か刈っていった」

「そうか、じゃあこれの出番だな」

兎月は懐から布にくるんだものを取り出す。広げると単衣の片袖が出てきた。

昨日、貞吉がトリカブトを採ったかをどうやって調べるか、とツクヨミと相談した。山でトリカブトが生えている場所は探すことができるとツクヨミが言い、ではそこに貞吉が来たかどうかがわかればいい、という話になった。そこで考えた。

兎月は大五郎組に行って箱善の若旦那の着物の一部を手に入れてほしいと頼んだ。手段は問わないと言うと、大五郎たちはすぐに動いてくれた。

まずは箱善に行って高い和紙を何枚も購入した。ヤクザが大量買いをするものだから、大旦那も若旦那も店まで出てきて接客した。そこでヤクザ同士で揉《も》めて喧嘩を始め、その際にドサクサ紛れで若旦那の着物の片袖を強引に破り取ったのだ。

破り取った男はすぐに袖を持ったまま逃げ、大五郎が謝って紙の代金と着物の弁償代と言ってかなりの金を渡してきた。全て大五郎の自腹だ。その袖がここにある。

「ツクヨミ、頼む」

「うむ」

ツクヨミうさぎは後ろ脚で立ち上がると森の奥に向かって顔を向けた。しばらく待つと、遠くからバキバキと小枝の折れる音が近づいてきた。

やがて、シダをかき分けながら現れたのは一頭のヒグマだった。若い雄で、赤っぽい光沢のある毛をしている。大きな丸い頭、瘤《こぶ》のように盛り上がった肩。さほど近づいていないのに、強い獣臭が吹き付けられた。

さすがに兎月も一歩下がった。こんな巨大な獣には対峙《たいじ》したことがない。

ツクヨミは口に袖をくわえると、怯える様子もなくヒグマに近づいた。ヒグマは地面に置かれた袖に鼻を近づけ、ふんふんと嗅ぐ。そのあと、トリカブトの群れに顔を向け、同じように臭いを嗅いだ。

「グウグウ」

ヒグマが口の中で小さく唸る。それにツクヨミはうなずいた。

「兎月」

ツクヨミはこちらを振り向いた。両の目が日差しを跳ね返して赤く光る。

「この匂いの人間がここに来たらしい」

「……そうか」

ヒグマに判定を頼むと言ったのはツクヨミだ。熊は犬よりもはるかに嗅覚がすぐれているということだった。

「面倒をかけたな。もう行ってもよいぞ」

ツクヨミがヒグマに優しく声をかけると、ヒグマは礼をするように頭を下げ、再び緑をかき分け戻っていった。

「これで貞吉がトリカブトを持っていったことは間違いねえな」

「ではやはり彼がお栄を……」

できればそうでないようにとツクヨミは願っていたのかもしれない。

「どうするつもりだ、兎月」

ツクヨミに尋ねられ、兎月はトリカブトに視線を向けた。

「貞吉には真実を話してもらう」

紫色の可憐《かれん》な花は、なにも語らず、風に揺れているだけだった。

春日町にある稲荷の赤い鳥居をくぐり、男が一人やってきた。

そわそわと肩を揺すり、右を見たり左を見たりと落ち着きがない。四角い石畳の上をこわごわと歩いている。

と、急に目の前の稲荷の祠《ほこら》に明かりがついた。

向かい合う二匹の白い狐の足下、そこに立つ蠟燭《ろうそく》に火がついたのだ。

男は「ひいっ」と声を上げてあとずさった。明かりに照らされたその顔は箱善の若旦那、貞吉だった。

「だ、誰だ！　俺を呼び出したのは誰なんだよ。ここにいるんだろ！」

貞吉は懐から文《ふみ》を取り出す。それには『お栄の死におまえが関わっている。話をしたいので春日稲荷で戌の刻に待つ』と書かれていた。

「ちゃんと来たぞ、顔を見せろ！」

その声に応えて社の後ろからぬうっと影が立ち上がった。

「だ、誰だ⁉」

「宇佐伎神社の兎月ってもんだ」

兎月はすたすたと貞吉に近づいた。その足下に白いうさぎが跳ねて出た。

「宇佐伎神社？　函館山の……」

「そうだ」

貞吉はごくりと息を呑んだ。

「お栄ちゃんの死ってなんだよ。お栄ちゃんが死んで一番悲しんでいるのは許婚の俺だ」

「そうかい」

　ごく間近まで近づいて、兎月は足を止めた。

「だったらお栄と一緒に冥土《めいど》へ行くか？　頼めば連れて行ってくれるかもしれんぞ」

「な、なにを……」

「おまえ、お栄を殺しただろ」

「へ……？」

　兎月は懐から布を取り出した。それを貞吉の足下へ放る。

「おまえの片袖を返すよ」

　貞吉はぱらりと広がった袖を見て、「うわ」とあとずさった。中に紫色の烏帽子のような花がいくつも入っていたからだ。

「これは」

「さすがによく知ってるようだな。そうだ、おまえがお栄を殺したときに使ったトリカブトだ」

「う、うわ」

　貞吉は逃げようとした。その前にうさぎが回り込み、後ろ脚で立ち上がる。貞吉は思わずたたらを踏んで止まった。

「お栄を殺したな？」

兎月は背後から近づき、貞吉の肩を片手で摑んだ。

「ち、違う！　俺じゃない！」

「嘘をつくな。おまえが函館山に入ってトリカブトを採っていたことはわかっているんだ！　お栄の死がそれによるものであることも、医者に金を渡して口止めしたのも」

「あ、あ……」

貞吉は振り向かず、がたがたと震え出した。

「お栄はな、許婚のおまえに裏切られ、殺されて、成仏できずに迷っているんだ。生きているときにやっていたお百度参り、それをずっと続けている」

「お、おひゃくど……」

「そうだ、今の時間にな」

兎月は鳥居の下を見た。そこにぼんやり人の姿が見える。

「ほら、来たぞ」

「ど、どこに」

ゆらゆらと白い影が近づいてくる。だが、貞吉には見ることはできないようだった。

「ツクヨミ、こいつに見せてやってくれ」

兎月が言うと、うさぎが貞吉のそばに跳ねて、その前脚を貞吉の足に触れさせた。

そのとたん、貞吉の喉の奥から湿った声が響いた。

「お、おえい……っ」

お栄は白い顔になんの表情も乗せずに歩いてきた。まっすぐ前を向いた目はうつろで貞吉も映していない。

「ひいっ！」

お栄がひたひたと貞吉に近づき、貞吉は石畳から飛び退《の》いて尻餅をついた。お栄は振り向きもせず、社へと向かう。

「ああやってずっと参っているんだよ。哀れだと思わねえか」

「お、お栄……」

両手を合わせるお栄の後ろ姿を見て、貞吉が震えた。

「お栄……お栄ちゃん、すまない……」

わっと貞吉は石畳に顔を伏せた。

「すまん、勘弁してくれ！　俺に祟《たた》らないでくれ！　俺だっておまえがあんなことするとは思っていなかったんだ！　許してくれ！」

貞吉の言葉を聞いているのかいないのか、お栄は社に一礼するとくるりと振り向いて戻ってきた。

「お栄、お栄ちゃん、勘弁してくれ、成仏してくれ……っ!」

必死に言い募る貞吉を、お栄の目が一瞬捉えた。だが表情は蘇《よみがえ》らなかった。

お栄の白い姿は貞吉の前を通り過ぎ、赤い鳥居の下に戻った。いつもならもう一度くぐってくる。だが。

お栄の姿がすっと消えた。

「……」

兎月は少しの間待ったがお栄が、現れることはなかった。

(成仏したのか?)

嗚咽《おえつ》を零す貞吉の襟を摑んで引き起こしてやる。

「おい、これから一緒に警察に行くぞ。洗いざらい話すんだ」

「は、はい……」

貞吉はすっかり怯え、魂が抜けたように従順だった。

「だ、だけど」

「なんだ? まだなにか言い訳するつもりか。おまえがお栄にトリカブトを飲ませたんだろう?」

「違います……」

貞吉は弱々しく答える。

「なんだ、この期に及んで」

「お栄ちゃんは――自分からトリカブトを食ったんです……」

＊＊＊

貞吉はお栄と会ったとき、紙にくるんだトリカブトの花を見せた。そして言った。

「これ以上、お蔦さんにかまわないでくれ！　俺はあの人を守るためなら、これでおまえを殺してでも止める！」

「貞吉さん……」

「これはトリカブトだよ。毒草だよ、お栄ちゃん。そして俺の覚悟だ。俺はあの人と一緒になりたいんだ」

お栄の若々しく愛らしい顔が、醜く歪んだ。眉根がぎゅうっと寄り、目が極限まで見開かれる。

「そんな……そこまであの女を？　あたしのことはどうでもいいのね……？」

お栄は全身を震わせ貞吉に摑みかかった。

「お栄ちゃん、なにをする！　これは触るだけで……ッ」

お栄は貞吉の手からトリカブトをもぎとった。

「あんたとあのなまぐさ女が一緒になるところを見るくらいなら、死んでやる！」

そう叫ぶとお栄はトリカブトの花に嚙みついた。ぐしゃぐしゃと紫色の花を嚙み、茎までも飲み込む。

「お栄ちゃん！」

貞吉は悲鳴を上げた。

トリカブトを食ったお栄はすぐに症状が現れた。口から大量の胃液と花を吐き、その場にばたりと倒れた。手足ががくがくと細かく震える。

「お栄ちゃん！　お栄ちゃん！」

貞吉は陸に揚げた魚のように跳ね回るお栄を押さえつけ、抱え上げ、医者に駆け込んだ……。

＊＊＊

「お栄は自殺だと言うのか」

貞吉は兎月の言葉にうなずいた。

「言い逃れじゃねえんだろうか？」

「本当です。もう——嘘なんかつきません。お栄ちゃんのあの姿を見たら、嘘なんかつけません」

貞吉は蒼白《そうはく》な顔でがっくりと肩を落としていた。

「わかった。今の話をもう一度警察でしろ」

「へえ……」

兎月は貞吉を連れて鳥居をくぐった。ツクヨミうさぎも一緒にくぐり、そのときに鳥居の足下に置かれた白い小石の数を数えた。

「九十九個……」

お栄は消える前に石を置かなかった。それは貞吉の心からの謝罪を聞いて、彼を許したのかもしれない。

「成仏できたのであろうか」

うさぎは鳥居の上の月を見上げた。上弦の月がうなずいたように傾いて見えた——。

終

月明かりの下で、兎月は釣り糸を垂れていた。

月は半月、十日夜《とおかんや》の月。辰治に教えてもらった穴場の岩瀬で半刻ばかり。さっきから魚に餌をやっているだけだ。

「おい、兎月。ぜんぜん釣れぬではないか。どうなっておるのだ」

一緒に岩場に座っているツクヨミうさぎが文句を言う。

「知らねえよ、魚に聞いてくれ」

「おぬしは釣りが下手なのだな」

「海釣りは初心者なんだから仕方ねえだろ！」

最初はたくさん釣れたらどうしようか、魚屋でも始めるかとわくわく話していたのに、釣れたのは海草や草履だけだ。体は潮っぽくなるし、尻は痛くなるし、うさぎはうるさいしでもう帰りたいくらいだ。

「ほんとにここが穴場なのかよ……」

そういうグチも出てくる。

「おい、今ウキが沈んだぞ！」

「お！」

手応えを感じて兎月はそっと竿を動かす。

「早く！　早く上げるのだ！」

「待て待て！　こういうのはそっとやるんだ、そっと！」

ツクヨミうさぎは竿を持った兎月の手に飛びついた。

「逃げられてしまうぞ！」

「待てって！　こら……っ」

夜空に釣り糸が光る。その先で魚が跳ねた。

「やった！」

「あ！」

魚は餌をもぎとって、半回転して海へと戻る。ぽちゃん、と小さな音がした。

「あーあ……」

うさぎはがっくりと耳を地面に垂らした。

「おまえが焦らせるからだ」

兎月は餌をとられた釣り針を手に毒づいた。

「なにを⁉　おぬしが下手だからだ」

「初心者だと言っただろう！」

わあわあと言い争っているところへ、カラコロと下駄の音が近づいてきた。

「しっ、ツクヨミ」

兎月は唇の先に指を立てた。

人の姿が月明かりに縁取られる。きゅっとしまった腰は女の線をしていた。

「こんばんは、兎月の旦那」

やってきたのは人魚のお蔦だった。浴衣のよろけ縞《じま》がお蔦の足やの動きに添ってなまめかしく動く。

「やあ、お蔦さん。こんな夜中に散歩か？　危ねえぞ」

「心配いらないよ。あたしは不死身の人魚だよ」

お蔦はそばに寄って兎月のびくの中を覗き込んだ。

「なんだい、からじゃないか」

「そう言うな。夜はこれからだ」

お蔦は兎月の横にいるうさぎに微笑みかけた。

「あんた、ほんとにそのうさぎかわいがってるんだね」

「いや、ついてきたいとうるさいからな。仕方なくだ」

兎月がそう言うとうさぎはぶーっと唸って膝を蹴る。

お蔦は兎月の隣にしゃがみ込んだ。

「箱善の若旦那のこと聞いたかい？」

「ああ、直接殺しちゃいないってことで釈放されたんだよな」

しかし毒を使って脅したということで謹慎処分になった。しばらくは外には出られないだろう。

「店も当分開けられないね。どうなることやら」

「まあ自業自得ってとこあるだろ」

「それでもね、あの人もかわいいところがあったんだよ」

お蔦は兎月が釣って放り出していた海草を拾い上げた。

「あたしのこと一生懸命口説いてね。大事にするって言ってくれて」

「のろけかい」

兎月は苦笑した。お蔦も微笑む。

「それに、最後まであたしをかばってたんだ」

「あんたを？」

「あたしに惚れて許婚を捨てたことまでは話したけど、肝心なことは黙ってた」

「肝心なこと？　なんだそれは」

「知りたいかい？」

お蔦は兎月に体を押しつけ、肩に自分の頭をもたせかけた。ぷん、と磯の香りの中に、なにか腐ったような匂いがする。

「あのトリカブトさ。トリカブトを使えばいいって教えたのはあたしなんだよ」

「えっ⁉」

驚く兎月にお蔦は艶《なま》めかしく微笑む。

「だから間接的にはあたしもお栄さんを殺したことになるのさ」

「お蔦さん、あんた……」

「だからかねえ。罰《ばち》が当たったんだ」

お蔦は兎月の肩に頭を擦りつける。しっとりと濡れた髪が兎月の手に流れてきた。

「前に話しただろ、あたしのことを本当の人魚だと思ってつけまわしている子供がいるって」

「あ、ああ」

「悪い子じゃないんだ。ずっとおっかさんを支えてて。あたしだって母親と二人、必死に生きていた。母親がいなくなって、ある意味自分の生き方を諦めちまったところもあったしね……」

お蔦は肩に置いていた頭を持ち上げ、兎月の首筋に自分の顔を寄せた。弾力のある、しかし冷たい唇が肌を這い上がってくる。

ツクヨミが近くにいるというのに、兎月はお蔦を止められなかった。

「あの子ね、とうとう目的を果たしたんだよ」

「え……」

お蔦は兎月の手をとった。唇と同じ、ひんやりと、冷たく濡れた手だ。

「ほら、見ておくれ……」

お蔦は右手で自分の着物のあわせを引いた。そこから白く豊かな稜線が覗く。そして兎月の手をそこに当てようとした。

だが、兎月はお蔦の胸に触れられなかった。

そこにはただ黒い穴が空いているだけだったからだ。

「――……」

お蔦がなにか囁いた。

「――はっ」

兎月は目を覚ました。勢いよく立ち上がり、きょろきょろと辺りを見回す。

「ど、どうした、兎月」

ツクヨミが毛を逆立てて驚いている。

「あ、いや……俺、寝ていたか？」

「ああ、ちょっとうとうとしてたようだったが？」

「夢……？」

だがとても夢には思えない、お蔦のもたれた肩の重み、甘い女の匂い、寂しげな声。

「兎月？」

「すまねえ、釣りはまた今度だ」

兎月は糸を引き上げ、竿やびくを片づけた。

「どうしたのだ？」

兎月はもう答えず、ツクヨミうさぎを懐に入れると走り出した。

兎月は浜を走って見世物小屋を出している相生《あいおい》町へ走った。のぼりの立っていない天幕は夜にうずくまる大きな鳥に見える。

入り口の辺りが明るく、数人がいるようだった。巡査の姿も見える。

「おい──」

兎月は小屋の前で頭を抱えている若い男を引っ張った。

「なにがあった⁉」

尋ねると男は呆然とした顔で、「お蔦姐さんが死んじまった」と答えた。

兎月は男を放り出し、天幕の中へ入った。奥へ進もうとすると、顎いっぱいにコワい髭を生やした巡査に止められた。

「おい、貴様何者だ」

「どけよ！」

「なんだと⁉」

声を聞きつけたのか仲間の巡査がやってくる。制帽を持ち上げると黒木だった。

「なんだ、うさぎの。こんなところでなにをしてる」

「お蔦さんに会わせてくれ」

兎月の言葉に黒木は眉をひそめた。

「知り合いか？」

「そうだ」

黒木が仲間にうなずくと、髭面は渋々兎月を解放した。

「たらいのそばだ」

黒木に言われ、兎月は足を進めた。いつもお蔦が人魚として使っている巨大なたらい。そのそばにむしろが置かれていた。むしろからは下駄をはいた足が突き出している。

さっき、カラコロと岩場で鳴らしていた下駄だ。

兎月は横にしゃがんでむしろを持ち上げた。蒼白なお蔦の顔が覗いた。

「お蔦さん……」

お蔦は兎月が見たままの、青いよろけ縞の浴衣を着ていた。その胸の辺りが血で真っ赤になっている、

「子供に斬りつけられたんだ」

後ろに黒木が立って言った。

「客がはけたあと、ずっと小屋に隠れていたらしい。それでお蔦の出番が終わって着替えて出てきたところをぶっすりやられた」

「……そのガキは？」

「逃げたがすぐ捕まった」

黒木は肩をすくめ両手を広げた。はい、おしまい、というような仕草だ。

「ガキには病気のおふくろがいるんだろ」

「そうだ。切ねえな」

「肝を」

兎月はお蔦の赤く染まった胸を見つめた。

「え？」

「肝を抜き取られたのか？」

「肝だって？　いや、肉をほんの少し。だが刺しどころが悪くてほとんど即死だったらしい」

「そうか」

「おまえはなぜここに？」

兎月は立ち上がった。

「呼ばれたんだ、お蔦さんに」

「なに？」

「お蔦さんは子供を恨んじゃいなかったよ」

――たすけてやっとくれ――

「できるだけ、力になろうと思う。その子とその母親の」

黒木の肩に手を置き、兎月はその場から離れた。

お蔦は罪滅ぼしをしたかったのだろうか。自分が貞吉をそそのかしてお栄を殺させたことの。いや、実際はお栄は自殺だったのだが、死ぬようにしむけたことには違いない。

「兎月……」

ツクヨミうさぎがぴょこりと懐から顔を出した。

「おぬし、夢でお蔦に会ったのか」

「ああ」

「我は気配を感じなかった。神だというのに、情けない」

「――まあガキにはまだ難しいかもな」

「また子供扱いする！」

うさぎがぶーぶーと鼻を鳴らす。兎月は懐に手を入れて温かな体に触れた。体温を感じられることが嬉しかった。

(冷たかったな)

夢で触れたお蔦の体は手も肌も唇も冷たかった。初めて出会ったときはそうじゃなかったと思う。お蔦の体は生き生きとして温かく、いい香りがしたはずだ。

だが、兎月はどうしてもそのときのお蔦を思い出せなかった。

しばらくして宇佐伎神社に豊川がやってきた。改めて春日神社の礼をしてくれて、うまい酒を差し入れてくれた。

「そういえば」

ふと思い出したように豊川が言った。

「あのお百度参りの幽霊だがね、あとで数えたら鳥居の下の小石が百になってたんだ。おかしいね。お栄が消えたとき春日も数えたんだよ。ちゃんと九十九だったのに……いったいいつ増えたんだろうねえ」

兎月はツクヨミと顔を見合わせた。

ひゅうっと首筋に冷たい風を吹きかけられたような気がして、二人して身をすくめた。

幕間二　函館山ピクニック

「暑くなる前にピクニックに行きまセンか？」

アーチー・パーシバルが宇佐伎神社に来て、誘ってくれた。

「函館山の頂上に、まだ登ったことがないのデス」

「頂上か」

兎月は背後の山を振り仰いだ。そういえば自分も水を汲みに山には登るが、上まで行ったことはない。

「で、ぴくにくってなんだ？」

「そうデスね、日本で言うところの行楽《こうらく》というものデスよ」

パーシバルは青空に手を差しのべる。

「お弁当を持って牧場や海岸、森などに行って遊びマス。日本ではお花見が有名デスね」

「面白そうではないか！　ぜひ行こう」

ツクヨミはすぐに賛成した。神使のうさぎたちも境内の中をぴょんぴょん跳ね回る。

「お葉さんも誘うか？」

そう聞くとツクヨミは片耳を下げた。

「それもいいが、お葉がいると我はしゃべれなくなってつまらん……。今回は三人で行こう」

「そっか。じゃあお葉さんを誘うのはまた今度にしよう」

「ソレがいいデスね。女性の足で頂上まで登るのも大変デスから、お葉さんは別の機会にお誘いしましょう」

パーシバルはお弁当は自分の方で用意すると言って帰っていった。

「ぴくにく、楽しみだな」

ツクヨミはうさぎを両手で振り回しながら玉砂利の上で跳ねる。

「俺もガキの頃、義父上《ちちうえ》が釣りに誘ってくれるのが楽しみだったな」

兎月は遠い思い出に目元をほころばせた。

「ほう」

「義母上《ははうえ》が稲荷寿司を作ってくれるんだ。それを背中にくくりつけて、一生懸命義父上や兄上の後をついていった」

「おぬしにもかわいらしい子供の頃があったのだなあ」

したり顔でうんうんとうなずくツクヨミの頭を、兎月はかき回した。

「まあな、空気からぽこぽこ生まれるそいつらとは違う」

『ポコポコトハナンダ』

『ワレラハ　アワデハナイゾ』

うさぎたちがブーブーと文句を言って跳ねる。

剣術道場を開いていた兎月の義父、三鷹宗正《みたかむねまさ》は真面目な人間でほとんど休むということをしなかった。だが月に一度だけ、子供たちを連れて近くの川へ釣りに出かけた。釣り糸は垂れるが竿はほったらかしで、子供たちと虫を追ったり草笛を教えてくれたりした。

兄が成人してからは兄に道場を任せ二人で出かけた。

義父は実の父の親友で、彼の口から実父の若い頃の話を聞くのが楽しみだった。藩内一強いと言われた実父への憧れも誇りもあったが、義父への思慕はそれに負けなかった。

口数は少ないがいつも自分たち兄弟を見ていてくれる。偏りのない愛情と信頼を寄せてくれる。

兄が上洛して新撰組に入った際、義父の苗字の三鷹を使っていたことを知ったとき、兄もまた義父への思いをしっかり抱いていたのだと知った。三鷹の名で手柄を立てれば義父が喜んでくれると思ったのだろう。

義父も義母も故郷で達者に暮らしているだろうか？　ツクヨミに頼み、一度里帰りして様子を見てみたいとも思う。だが十年以上も音信不通で今更顔を出すのもばつが悪いし、外見が全く変わっていないことを気味悪がられるかもしれない……。

「兎月、親のことを考えておるのか？」

不意にツクヨミが兎月を覗き込んできた。ふわりと顔の位置まで飛び上がり、ごく近くから目を合わせている。

「なんで……」

「懐かしそうな顔をしていたからな」

その言葉に兎月は顔を擦《さす》った。

「家を出てからもう十四年経つからな。俺のことはとっくに死んでいると思っているだろう。実際一度死んだし」

「一度故郷に戻るか？」

ツクヨミはミノムシのようにふわふわと上下する。

「バカ言え。行って帰ってくるだけでどのくらいかかると思っているんだ。ひと月も神社を空けられないだろう」

「うむ、それが問題だ。豊川のように稲荷伝いで行けないからな」

「ぱっと行ってぱっと戻れるなら、顔も見たいがな……。兄上のことも話したいし」

兄の直之介《なおのすけ》は背に傷があったということで新撰組から逃げて殺されたのではないかと

噂されていた。だがそれは誤解だったと義父にちゃんと話したい。

「まあなにか方法がないか考えてみよう」

ツクヨミはうさぎを抱きながら呟いた。


翌日、パーシバルが大きな布袋を背負ってやってきた。

「なんだ、ずいぶん大荷物だな。弁当だろ？」

「ふふふ……開けてみてからのお楽しみデス」

パーシバルはにやにやしている。

「しかしさすがに重いデス。途中で背負うのを替わってもらえマスか？」

「ああ、いいぜ。弁当を用意してくれたんだからな」

そんなわけで三人と神使たちは神社を出発した。函館山自体が神域なのでツクヨミはうさぎには入らずそのままの姿だ。

山には道など引かれていないが、やはり頂上へ登りたいものがいるのだろう、草が踏みしだかれ細い道ができていた。

「オトギリソウ、オニシモツケ、クルマユリ……」

登りながらツクヨミが咲いている花の名を教えてくれる。

「今の鳥の鳴き声はルリビタキ」

ツイツイツイと甲高い声で鳴く鳥の名も知っている。函館山はツクヨミの庭も同然なのだ。

うさぎたちは、草むらを跳ねるもの、木の枝を伝って飛び跳ねるもの、さらにその上を飛ぶものと、好きなように進んでいる。荷物を持った人間たちはえっちらおっちら草を踏みしめながら歩いた。

草花から立ち上る濃い緑の匂い、風にそよぐ木々の葉のさわやかな匂い、湿った土の匂い。四方から包み込んでくる森の香りは、立ち止まらずに歩け歩けと気持ちをせかす。

『チョウジョウダヨ！』

『テッペンダ！』

先に進んでいたうさぎたちのはしゃいだ声が聞こえる。もうひとふんばり、と兎月はパーシバルから引き継いだ布袋を担ぎ直した。

「抜けたぞ」

ふわふわと浮かんでいるツクヨミが、笑顔でこちらを振り返る。白い小さな手が差し出された。

子供の頼りない手だ。だが兎月はそれをためらいなく摑んだ。

ぐいっと思いがけず力強く引き上げられる。

「ほら、見ろ、兎月」

大きなブナの木を通り過ぎればもう遮るものはなかった。

函館山の頂上だ。

「あぁ……」

いつも神社から見ている景色だが、さらに遠く、広く見えた。

「きれいだな」

人々の住む町も、はるかに広がる大地も、そびえる山々も。

そしてその遠く向こうにも北の大地が広がるのだ。

「いい気持ちデス」

パーシバルが両腕を広げて大きく息を吸い込んでいる。兎月も真似して胸いっぱいに夏の空気を吸い込んだ。

「兎月宗匠《そうしょう》、ここで一句」

パーシバルがそんなことを言うものだから、兎月はせっかく吸った空気を気管の変なところに飲み込み、盛大に咳き込んでしまった。

「パーシバル！　てめえっ！」

「おや？　ココで詠《よ》まなきゃだめでショウ」

「誰が詠むか！」

顔を真っ赤にして怒鳴る兎月を、パーシバルもツクヨミもげらげら笑って見ていた。

そのあと草地に座ってパーシバルの持ってきた弁当を食べることになった。布袋の中からは、風呂敷に包まれたサンドイッチと果物、それに茶色の瓶にガラスのコップが次々と出てきた。

「なんだ、ぶどう酒か」

瓶を見て兎月はがっかりする。ワインの酸味が苦手なのだ。

「これはワインではありませンよ」

パーシバルがにやにやする。

「ワインじゃない？」

「はい」

そう言ってコルクを抜くと、いきなり泡が溢《あふ》れ、赤っぽい液体が噴き出してきた。

「おお、もったいナイ」

パーシバルは急いで瓶の下にガラスのコップを寄せた。

液体はコップに入り、縁まで白い泡で満たされる。

「おお、なんだそれは。雲が水に載って浮かんでいるぞ」

　ツクヨミが興味津々の目で泡の液体を見つめる。

「はい、どうぞ楽しんでください」

　パーシバルがコップを渡した。ツクヨミはそれを両手で持って口をつける。

「うわ！」

　一口飲んで驚いた顔をする。

「なんだこれは。口の中がぱちぱちするぞ！」

「炭酸は初めてデスカ？　ツクヨミサマ」

「甘い香りなのに苦いな」

　ツクヨミはコップを口から離して舌を出した。唇の上に白い泡がつき、神使のうさぎたちが騒ぎ出す。

『カミサマ　オヒゲ！』

『カミサマ、トシヨリニナッタ！』

「なんだとう？」

　ツクヨミは手で泡を擦り落とす。うさぎたちの何羽かはコップに顔を突っ込んで味見をしている。

「これ、びいるか？」

コップを受け取った兎月が匂いを嗅いで言った。

「はい、ご存じでしたか？」

「五稜郭で飲んだことがある」

フランス人であるブリュネやカズヌーヴだけでなく、オランダ留学の経験もある総帥《そうすい》榎本武揚《えのもとたけあき》もビールが好きだった。ワインもビールも、もちろん日本酒も、いつも切らさないように函館の商家に頼んで取り寄せていたのだ。

兎月は知らないが、箱館戦争後、投獄された榎本武揚は獄中でもビールを飲んでいたほどだ。

兎月はコップの中に泡だつ夕日色の液体を見つめた。

ワインのような酸味はなく、甘みと苦みが強い。なにより炭酸を含んだ刺激的な喉ごしが面白く、たまに飲ませてもらうのが楽しみだった。

飲ませてくれたのは土方だった……。

＊　＊　＊

「ブリュネさんからもらったんだが、俺一人で飲むには多くてな」

そう言って兵たちに飲ませてくれた。

初めて飲む異国の酒に若い兵たちは驚いた。

「向こうの酒はこんなに泡だって、腐っているのではないですか？」

「甘くて苦くて薬みたいだ」

否定的な意見が多いなか、兎月は気に入って何杯も飲んだ。

「おまえ、すごいな」

杯《さかずき》を重ねる兎月に土方は驚いたようだった。土方自身は酒があまり強くなく、そのときもコップ一杯で顔を赤くしていた。

土方はこのとき五稜郭ではなく、町の宿屋にいた。ここを定宿にして、馬で五稜郭に通っていたのだ。

その部屋にはいつも誰かしら兵がいて、にぎやかだった。あのときは五人程いただろうか。

「うまいです、これ。気に入りました」

気持ちが明るくなり、声も大きくなる。酔いが回るのもいつもより速く、兎月は普段しないようなことをやらかしてしまった。

仲間たちに自分のひねったへたくそな俳句を披露したのだ。あまりの駄作に全員が笑い転げた。

笑われるのが楽しくて次々とひどい俳句を詠んだあげく……盛大にもどしてしまった。

吐き出す一歩手前でみんなに首を摑まれ、障子の向こうへ押し出されたので畳は汚さなかったが、翌朝、自分のしでかしたことに布団の中で頭を抱えた。

今日、敵が攻め込んでくればいいのに、と真剣に思った。そうしたら前線で戦って死んでやるのに、と……。

＊＊＊

忘れたい記憶を思い出し、腹が重くなる。

「兎月サン、ビール苦手でしたか？」

パーシバルが心配そうな顔になった。

「い、いや、苦手じゃないが……」

コップに口をつけ一口飲んで驚いた。前に飲んだものより格段にうまい。

「へえ、メリケンのビールはうまいんだな」

パーシバルの笑顔が大きくなる。

「実は兎月サン、それは日本のビールなのデスよ」

「えっ？」

「日本でも最近ビールが作られているんデス。それはオオサカで作られたシブタニビール、こちらはつい最近トウキョウで作られたサクラダビールデス」

パーシバルは布袋からもう一本別の瓶を取り出した。

「へえ！　日本でビールが！　うまいものだなあ」

当時のビールはイギリス式の赤っぽいエールから始まったが、苦みが強く、あまり親しまれなかった。そのあとドイツ式のラガーが主流となり、現在のような淡い黄金色のビールが一般的となった。

現在にも残るビールは全て明治初期に生まれたものだ。

「日本人が気軽にビールを飲めるようになるなんてな」

「はい。ガラス容器の開発も始まってマスがまだまだ足りないので、瓶は輸入ビールの瓶を使用してマス。でも近いうちに日本でもビール瓶が大量に安く作られるようになりマスよ」

パーシバルの予言どおり、明治の終わりには機械製造が始まり、大正五年には全自動製瓶機による瓶の大量生産が実現し、日本中にビールが流通するようになる。

「ふうん……いつかブリュネ先生たちも日本のビールを飲んだりするのかな」

兎月は口の長いワインボトルのような瓶を手にして呟いた。

「きっとネ。日本のビールは世界に通用するものになるでしょう」

ビールもうまかったが、パーシバルの持ってきたサンドイッチも兎月は楽しんだ。

「これ、うまいな。エビと……きゅうり？」

「はい、マヨネーズで和えてありマス」

ツクヨミがずんぐりした陶器の瓶を掲げて声を上げる。

「これもうまいぞ！　ナスか？　ぐちゃぐちゃになってるが実にうまい」

「ナスのディップデス。クラッカーにつけてドウゾ。焼いたナスにニンニク、オリーブオイル、ワインビネガーをまぜて潰すんデス。濃厚な甘みがワタシも大好きデス」

他にもバターで炒めた卵焼きをレタスとはさんだものや、汁気たっぷりの鶏肉を焼いたものを固めのパンで挟んだものなど、珍しく美味しいものばかりだ。

ビールのさわやかな苦みと弾《はじ》ける泡が喉を滑り落ちる心地よさと、バラエティに富むサンドイッチに兎月は舌鼓を打った。ただし、飲みすぎて以前のようなことにはならないようにと、注意はしていた。だが……。

「おい、おまえたち」

うさぎたちが草の上をくるくる回ったり、ふわふわとうつ伏せや仰向けで飛んだりしている。

「酔ってるのか？」

「ああ、兎月。ビールはいいなあ」

ツクヨミまで顔を赤くしている。

「おまえ、カミサマなんだろ？　神がビールで酔っぱらうのか？」

「うむ。気持ちよいぞ、よきにはからえ」

ツクヨミは体をふらつかせながらうさぎたちを追いかけて草の上を走る。

まあ神が吐いたりはしないだろうと、兎月は放っておくことにした。

兎月とパーシバルは足を投げ出して、目の下に広がる絵のように美しい函館の姿を見ていた。

「そういや、おまえ仕事はいいのかよ。腐っても頭取さまだろ」

兎月は隣に座る異国人を振り向いた。酒のせいか、日差しのせいか、白い頬を幾分赤くしたパーシバルは視線を町から離さない。

「いいんデスよ。上のものが休まないと下のものも休めない。今日、商会は一日休みにしました」

「へえ」

「日本の人、勤勉デス。なかなか休みをとらない」

パーシバルはそう言って苦笑する。

「まあな、商家に奉公へ行けば藪入《やぶい》りにしか帰れないからな」

兎月自身は北海道へ戦をしに行っただけで働いたことがないので耳学問だが。

「ええ。初めて聞いたとき驚きマシタ。小さな子供が親元を離れて、家族に会えるのがたった一日なんて、ひどすぎマス。うちではカレンダーどおりに日曜は休みデス」

「にちようびっていうのはそっちのカミサマが休んだ日だっけか」

「はい。神ですら七日目には休みマス。人ならもっと休んでいいはずデス」

「なるほどな、いい習慣だ」

パーシバルは草の上にごろりと横になった。

「最初ワタシが行った日本はヨコハマでした」

空に腕を伸ばし、指を折る。

「それからトウキョウ、キョウト、オオサカ、ナガサキ……大きな都市はだいたい回りました。三年前にハコダテに来ました。何度か火事が起きて町は灰になりましたが、何度も立ち上がるこの町が好きデス。もしかしたらこの町が私のホームになるかもしれマセン」

「永住するというのか？」

兎月の乏しい英語の知識でも、ホームが「家」とか「故郷」という意味であることは知っている。

「そうデスね……ただ両親が高齢なのでそれだけが心配。一度は戻る予定デスが」

「そうか、両親な」

兎月の脳裏にも義理の両親の顔が再び浮かぶ。やはり一度暇をとって帰ってみようか。まさかとは思うがうさぎにでも変えられたら顔が合わせられない。

しばらく黙っていると、やがてすうすうと穏やかな寝息が聞こえてきた。横になったパーシバルがそのまま眠ってしまったようだ。やはり酔っていたのかもしれない。

兎月はパーシバルの持ってきたビールを勝手にコップに注いだ。少し頭がふわっとするだけで、たいして酔いは回っていない。

うさぎたちやツクヨミはどうしたかと見回すと、相変わらず草の上を楽しげに跳ね回っている。

「ん……？」

いつのまにかうさぎたちの中に人間の子供が何人か交じっていた。みんな白い膝丈の着物を着て、楽しそうに走り回っている。

「なんだ、あいつら……うさぎが見えているのか？」

子供たちの笑い声も風に乗って聞こえてきた。なぜ今まで気づかなかったのだろうと思うくらい、楽しげな声だ。

やがて不思議なことが起こった。

子供が一人、ふわりと空に浮かび上がったのだ。

うさぎも一羽、その子と一緒に舞い上がる。

うさぎは子供の周りを回りながら、ともに空の上へ上っていった。

その姿は楽しげでとても自然に見えた。

他の子供たちも次々と空に浮かんでゆく。

まるでタンポポの綿毛が風に運ばれてゆくように。昼間の蛍の光のように。

「そうか……」

何人か見送って兎月にはわかった。あの子たちは天に還《かえ》る子供たちなのだ。

兎月はいつしか両手を合わせて子供たちを見送っていた。

「……兎月」

ツクヨミが穏やかに微笑みながらやってきた。さっきまで赤かった頬はもう元に戻っている。

「見たのか」

「ああ」

ツクヨミは顔を空に向けた。

「箱館戦争で死んだのは戦った男たちだけではない。巻き添えになった一般人もいる……子供もいる」

「そうだな」

「うさぎたちは時折山へ登り、あの子たちを見つけて空へ連れてゆくのだ」

と、兎月の顔を見て、少し大人びた笑みを浮かべた。

「そんな顔をするな。じきに彼らは輪廻《りんね》の輪に乗り新しい生を得る」

「どんな顔だって言うんだよ」

兎月は片手で目を覆い、顔をそむけた。

「パーシバルは寝てしまったのか？」

「起こすか？　そろそろ風が出てきた」

兎月は雲を見た。モコモコした大きな雲がゆっくりと動いている。

「そうだな。山の上は早く冷えるからな」

兎月はペチペチとパーシバルの頬を叩いた。すぐに青い目が開いて驚いたように兎月を見上げる。

「オオ。ワタシ眠ってましたネ」

「気持ちよさそうだったぞ」

「はい、ぐっすり寝マシタ」

パーシバルは照れくさそうだ。他人に寝顔を見せるなど、したことはないだろう。

「うさぎさんたちは？」

パーシバルは草地を見回す。兎月が言いよどむと、ツクヨミが、「一足先に神社に戻った」と答えた。

「ではワタシたちも戻りましょう」

空き瓶とコップを風呂敷に包み、布袋に入れる。ヨイショと背負うと兎月に笑いかけた。

「今日は楽しかったデス。またピクニックしましょう」

「そうだな」

たいした話はしなかったが気分がよかった。ただぼんやりするということを今までしてこなかったが、案外気持ちがいい。

ふわりとツクヨミが飛び上がって兎月の肩に腰を下ろす。

「こら、自分で歩けよ」

「たいして重さは感じないだろう？　いいから進め」

「へいへい」

草地を離れ、森の中に入る前に兎月はもう一度大きな青空を見上げた。もううさぎたちの姿も子供たちも見えない。

あの雲の向こうに輪廻の巨大な輪があるのか。それは子供たちの目にはどんなふうに見えるのだろう。

願わくば、彼らがもう戦のない時代に生まれますように。

キラキラと雲の縁が輝く。祈りに応えてくれたような気がして、兎月は静かに目を閉じた。

閉ざされた家

序

夏めく月は下弦の月の二十三夜。空から落ちそうなほどに傾いている。

これからどんどん欠けてゆき、夜と月を司《つかさど》る神、ツクヨミの力は弱まっている。

それを狙ったのか、怪ノモノの大軍が函館山から降りてきていた。

「兎月！　一体抜けた！」

神社の屋根の上で全体を見渡しているツクヨミが叫ぶ。兎月はうさぎたちの包囲網を破って自分の方へ迫ってくる黒いもやに刀を向けた。

「通すか！」

兎月の背後は鳥居だ。怪ノモノはここを目指してやってくる。ここから函館の町に侵入するためだ。

箱館戦争で死んだものたちの魂は函館山に昇る。通常はそこから昇天してゆくのだが、まれに恨みや無念を抱いて心を残したものが怪ノモノと化す。彼らは自分の思いを成就させるため、あるいはただ恨みをぶつけたいがゆえに人やものに入り込もうとする。

宇佐伎神社は、そして兎月は、そんな怪ノモノから町を護るためにある。

うさぎが何羽かその怪ノモノに張り付いていた。爪や前歯で傷つけているのだが、それをものともしていない。

「成仏しろ！」

兎月は輝く是光を構えた。真正面から迫ってくる黒いもやの中に、苦悶《くもん》する男の顔が見える。恨みと憎しみに、あがらい難い飢えと、とめどない怒りに取り憑かれた目だ。

それを見返し、正眼《せいがん》に構えた剣を振り下ろす。

流星が雲を散らすように、怪ノモノは是光の前に弾けて消えた。

「兎月！」

ほっとする間もなく、ツクヨミの声が飛んだ。さらに二体迫ってくる。

「任せろ！」

神使のうさぎたちも頑張っている。もやに直接体をぶつけて蹴散らしたり、案外鋭い爪でひっかいたり噛みついたりしている。弱い怪ノモノはそれで消えてしまうのだが、恨みの深いものは神使たちを弾き飛ばしてしまう。

兎月は同時に襲ってきた怪ノモノの右のものをまず斬った。左のものにうさぎたちが飛びつき動きを阻む。次の一瞬の間でそれも斬り捨てる。

「助かる！」

兎月はうさぎに笑いかけた。一年近く一緒に戦い、連携もうまくなってきた。

『オチャノコ！』

『オマカセ！』

うさぎたちも快哉《かいさい》を上げる。

『トゲッ！　トゲッ！』

一羽のうさぎが悲鳴を上げた。怪ノモノと一緒になってごろごろと転がっている。

「離れろ！」

兎月はうさぎのもとへ駆けつけた。うさぎは怪ノモノから逃げようとするが、抱え込まれて動きがとれないようだった。

『タスケテ！』

「目を閉じてろ！」

兎月はうさぎごと怪ノモノを斬った。是光は怪ノモノだけを斬るのでうさぎに傷はない。それでも怖い思いをさせたくはなかった。

「大丈夫か」

うさぎを地面からすくい上げるとぶるぶると震えている。神使たちの中でも体が小さいものだ。

「ここにいろ」

兎月はうさぎを懐に入れ、鳥居に向かう怪ノモノを追った。

「一体、逃げるぞ！」

ツクヨミが叫んだ。黒いもやは鳥居を抜けようとする。うさぎたちが追いすがったが、ぎりぎりのところでくぐり抜けてしまった。

『ニゲタ！』

『マチヘデタ！』

「追え！」

ツクヨミが命じ、うさぎたちは追いかける。夜空に白い光が尾を引いて麓へ向かった。

「くそ……」

兎月は刀を振ってもやの残滓《ざんし》を払う。懐にいたうさぎは頭を覗かせてまだ震えている。

『ワレノセイダ』

うさぎは小さな声で嘆いた。

『ワレガトゲツニ　テマヲカケタ』

「気にするな」

兎月はうさぎの頭を撫でた。

「こんなことだってある。町へ降りたやつだって捜し出してやるよ」

『……』

神使はしょんぼりと耳を垂らし、函館の町を見下ろす。

夏の早い曙《あけぼの》が海を照らし始めた。闇が拭《ぬぐ》い取られてゆき町並みを彩り出す。

函館にまた朝がきた。

一

厨の戸を激しく叩く音で兎月は目を覚ました。明け方まで戦っていたので今日はゆっくりしようと思ってたのに、とのろのろ起き上がる。

「おい、いつまで寝てやがるんだ!」

やってきたのは黒木だ。今日は巡査の服を着ておらず、紺色の単衣の前を大きく開けただらしのない格好をしている。

「なんの用だ」

厨の戸を開けて、兎月は不機嫌な声を出した。

「今日は俺は非番なんだよ」

黒木はそう言うと、ほら、と兎月に竹刀《しない》を渡す。

「警察じゃああまり相手になるやつはいなくてな」

「おいこら」

兎月は竹刀を手の甲で押しやった。

「だからってなんで俺のところに来るんだよ」

「おまえは怪ノモノから町を護っているんだろ？　俺は犯罪から町を守っている。どっちも腕がなきゃできない仕事だ。腕を上げるためには修練しかねえ。四の五の言わずに相手しろ」

抵抗を押し切られ、兎月は渋々黒木と三度戦った。最初はいやいやだったが途中から本気になってしまう。一本は取られてしまったが、残り二本は兎月が勝利した。

「やっぱり強いなあ」

黒木は汗を瓶の水で流す。

「おまえ、その水使ったんならあとで汲んでこいよ」

兎月も手ぬぐいで体を拭った。人相手の戦いは久しぶりで楽しんだのは事実だ。

「昨日怪ノモノが出た」

「ほう？」

「一体逃してしまった。町で異変が起こったらそいつの仕業かもしれない。注意していてくれ」

「どう注意すればいいんだ？」

「人の仕業とは思えない事件が起こったら関わっている可能性がある」

「わかった」

黒木が瓶の水を汲みに山に入ると、ツクヨミが近づいてきた。

「朝からにぎやかなことだ」

「負けたら賽銭を入れるように言っておいたからな。いい稼ぎだ」

兎月が鳥居へ向かうとツクヨミもついてきた。静かに佇む町を見下ろす。

「平和にしか見えないがな」

兎月は鳥居に寄り掛かって呟いた。瓢《ひさご》形の奇妙な形の町、光る瓦、あちこちから上る朝餉《あさげ》の煙。

「怪ノモノは闇や虚ろに潜む」

ツクヨミは日差しの下の町並みを見つめた。

「必ず動きがある……気を抜くなよ」

ぴょんぴょんと神使のうさぎたちが跳ねてきた。

『アノニンゲン　トチュウデコロンダ』

『ミズ　ダイナシ』

『ヤクニ　タタナイ』

「ほんとか？　あいつ案外抜けてるな」

兎月はやれやれと山へ向かう。ツクヨミは麓に向けていた目をゆるませて、黒木を助けに行く兎月を見送った。


黒木がひとつの報告を持ってやってきたのはそれから三日後の夕方だった。赤い夕陽が町を赤く染め始めている時刻だ。

「西川《にしかわ》町の大工で幸助《こうすけ》ってやつが消息を絶った」

「大工？」

「腕のいい若者で、所帯を持ったばかりだ。かみさんを置いて出てゆくわけがねえ」

黒木の話によると、二日前の昼、「仕事が入った」と喜んで帰ってきて、そのまま大工道具を持って出かけていったらしい。そして戻らなかった。

大工仲間たちも親方も知らない仕事で、女房は心配している。

「今朝、そのかみさんが警察に来て話してくれたんだ。どこかで怪我でもしてるんじゃないかって。それであちこち病院や診療所を当たったが、そういう患者はいない」

「ふうん」

「他は空き巣や喧嘩、ひったくりくらいで変わった事件は起きていない。この行方不明が怪ノモノと関連あると思うかね」

「まだわかんねえな。とにかく大工の行方を捜そう。俺も大五郎たちに声をかけてみる」

「頼むぜ。かみさん、倒れそうだからよ」

「そのかみさんてな、美人なのか?」

兎月がからかうように言うと、黒木は「お葉さんの方が美人だ」と真面目に返答した。そのあと誘われて満月堂に行った。もちろん黒木は兎月をだしにしてお葉と話をしたいだけだ。

ツクヨミも行きたいと言ったので、神使のうさぎの中に入ってもらった。

黒木はなにもないところから、突然うさぎの姿が浮き上がってきたのに目を丸くした。

怪ノモノの存在は知っていたが、こうやってツクヨミが顕現するのは初めて見たのだ。

警察の力を借りることもあるから黒木にはあらかじめ知らせておこうと、ツクヨミと相談して決めた。

これでうさぎの姿をしたツクヨミを知っているのはパーシバル、リズに続いて三人目となった。

「へえ……あなたさまがツクヨミサマ」

　黒木はかしこまってうさぎの前に膝をついた。

「黒木紘兼《ひろかね》と申します。今後ともよろしくお願いいたす」

「うむ。兎月を助け、我を助けよ。町に目を光らせてくれるとありがたい」

　うさぎはそっくり返って鼻を鳴らす。その姿がおかしくて、兎月は口元を拳で押さえた。


「こんばんは……」

「きゃっ」

　満月堂の暖簾をくぐろうとしたところで、兎月は店から出てきたものと鉢合わせしてしまった。それは若い娘で、手に持った風呂敷包みを取り落とし、中の菓子をばらまいてしまう。

「おっと、すまねえ」

　菓子は全て紙で包まれていたので汚れはしなかった。兎月は急いでしゃがみ込むと菓子を拾い出した。黒木も腰を屈め拾ってくれる。

「す、すみません」

　娘も一緒にしゃがんだ。絞りの浴衣から伸ばした右腕に汚れたぼろ布が巻き付けてある。羽二重餅《はぶたえもち》ででもできているかのような白くなよやかな腕に、その布は似つかわしくなかった。

　ツクヨミが顔を出そうとするのを押し返し、兎月は菓子を拾った。

　菓子は二十個もあり広範囲に散らばってしまっていた。三人で一緒に拾っていると中からお葉が駆け寄ってきた。

「兎月さん、黒木さん」

「お葉さん」

　名前を呼ばれて黒木の顔が輝く。お葉は白地に紺色の朝顔を染め抜いた浴衣を着ており、一段とさわやかだった。

「こ、こんばんは」

　黒木はやたらと甲高い声で挨拶した。

「こんばんは……たまきちゃん、お菓子取り替えましょうか？」

「あ、いいえ。大丈夫です、汚れていないから」

　たまきと呼ばれた少女はまだ十代だろう、若々しい桃割れ髪に花の形の簪《かんざし》をつけていた。さっさと菓子の汚れを払うと、膝に広げた風呂敷の上に戻し包み直す。

「どうせ友達とおしゃべりしながら食べるものなので、かまいません」

朗らかな様子でにっこりする。

「友達と？　これからか？」

兎月は思わず東の空を見る。一番星が輝いていた。

「ええ。夜中おしゃべりするんです。楽しみ」

若い娘が？　とも思ったが、それが当世の流行《はや》りなのかもしれない。御一新《ごいっしん》以降、いろんな価値観が壊れゆくと嘆く年寄りも目にしている。

しかしそんな思いが顔に出たのを見つけたのか、娘は小さく肩をすくめた。

「親しい友達と一緒なので大丈夫なんです」

「いや、別に心配しちゃいないさ……親には言ってあるんだろ」

「もちろんです」

たまきはさっと目を泳がせた。これは嘘だな、と兎月は思う。

「このお菓子、大好きなんでお友達にも食べさせてあげたいんです」

「嬉しいわ。気に入ってくれたらぜひ一緒に買いに来てね」

「はい」

お葉は黒木の方へ目線を向けた。

「黒木さんは……今日も豆大福？」

「あ、はい。豆大福、……お願いします！」

黒木が気をつけの姿勢で声を上げる。もう何度も通っているだろうに、まだ緊張するらしい。

「じゃあ、お葉さん……またね」

たまきはぺこりと頭を下げて、ちゃりちゃりと草履を鳴らして走っていった。

「菓子二十個とは剛毅《ごうき》だな」

夕闇に溶け込んでゆく少女の後ろ姿を見送り兎月は呟いた。

「そうですねえ。仕出しで有名な藤屋《ふじや》のお嬢さんなので、たくさんお友達がいらっしゃるんでしょう」

お葉が改めて兎月と黒木に向き合う。兎月の懐のうさぎにも微笑みかけた。

「兎月さん、黒木さん、うさぎさん。いらっしゃいませ。あまり残っていないんですけど、どうぞ」

「はい！」

ぎくしゃくと体を動かし黒木が店に入った。

兎月も入ろうとしたが、ふと気になってたまきの後ろ姿にもう一度目をやった。

「兎月？」

ツクヨミが不思議そうに見上げる。

娘の絞りの浴衣はもう闇の中に消えてしまっていた。


その娘、たまきの行方がわからなくなったと聞いたのは翌日だった。わざわざお葉が宇佐伎神社まで上ってきて教えてくれたのだ。

「昨日、薄月というお菓子を二十個買っていってくれた娘さん、覚えていますか？」

お葉は汗を拭きながら言った。

「もちろんだ。俺のせいで派手に地面にばらまかせちまったからな」

「昨日、あれから帰らなかったんだそうです」

誰が聞いているわけでもないのにお葉は声をひそめる。

「うちにお菓子を買いに行くというのは告げてあったので、藤屋の女将さんがいらっしゃいました。たまきさんがどこへ行ったのか聞いてないかって」

「友達と会うと言ってたじゃないか」

「親御さんにも友達とだけ言って、どこの誰かは言わなかったそうなんです。私も聞いておけばよかった」

お葉は片手を頬に当て、心配そうに言った。

「そりゃあ……」

計画的な犯行に思える。箱入り娘が両親を出し抜いて夜遊びか。

「男かもな。駆け落ちとか」

「まさか」

お葉は大きく首を振った。

「お葉さんはあの子をよく知っているのかい？」

「ええ、お母さんとよくお菓子を買いに来てくれていたから。物おじしない明るい子で、まだまだ子供っぽいんですよ。こんなことをしでかすようには思えません」

「女は急に化けるっていうからな」

兎月の軽口にお葉はちょっと睨むような目を向けた。兎月はすぐに頭を下げた。

「すまねえ。心配だよな」

「たまきちゃん、今日は帰ってくるかしら」

お葉は鳥居から町を見下ろした。どんなに目を凝らしても、麓の人間の顔など判別できるはずもないのに。

「親に反抗してみたい時期だってあるだろう。大丈夫だよ」

「そうかもしれませんけど……誰も知らないお友達というのが心配で。藤屋の女将さんもたった一晩で面やつれされてしまって」

どうしても心配が抜けないお葉に兎月は小さく息をついた。

「もし、今日戻ってこなかったら、明日、大五郎たちに捜してくれるよう頼んでみるよ」

「お願いします」

「そうだ、黒木にも頼んでみるといい。お葉さんが言えばあいつは喜んで捜査するだろうから」

「……そうなんですか？」

お葉は小首を傾げている。

ああ、ぴんときてないな、と兎月は思った。

（見込みはないぞ、黒木）

兎月は黒木の実りのなさそうな恋心の冥福を祈った。

二

結局たまきは家に戻ってこなかった。翌日満月堂へ行ってことの次第を聞いた兎月は、その足で大五郎組に向かった。

今日は懐にツクヨミはいない。それでもつい癖で、組に入る前に着物の中を撫でてしまった。

「よう、邪魔するぜ」

大五郎組の土間に入ると男たちがわいわいと明るい調子で騒いでいた。中心にいたのは兎月も顔を知っている文吾《ぶんご》という若者だった。胸板の厚い大きな男だが、童顔で、ちょっと金太郎を思い起こさせる。

「にぎやかだな」

声をかけるとようやく兎月が来たことに気づいて、組のものたちが揃って頭を下げる。

「うさぎの先生、お疲れさんです！」

「お、おお」

ヤクザの子分たちに挨拶されるのも慣れてきた。

「なにかあったのか？」

「いや、こいつがね」

やや年かさの男が文吾の首を抱えた。

「色気づきやがって、女ができたらしいんですよ」

「ほう」

色気づくと言っても文吾も確かもう十九になったはずだ。

「いい女なのか？」

「ええ？　そりゃあまあ……」

文吾はでれでれしている。この調子でずっと組のものたちにいじられていたのだろう。

「こいつ、どんな女なのか聞いても教えねえんですよ、いい女だと言うばかりで。きっとたいしたことねえんだ」

辰治が不満そうに言った。この組の中で一番若い辰治は年の近い文吾と仲良しだ。先を越されたのが悔しいらしい。

「まあそう言うな、あばたもえくぼって言うだろ。文吾にとっちゃいい女なんだよ」

「そ、そんなこたぁありませんよ、先生。ほんといい女なんですよ、優しいし、気だてもいいし、匂いなんてもう、こう……いい匂いで」

文吾はむきになって言い募った。だが、曖昧な表現で結局どんな女かわからない。

「わかったわかった。おまえに女の説明は無理だ」

他の男たちに頭をこづかれて笑っている文吾の右足に汚い布が巻かれている。つい最近もこういうの見たな、と兎月は思った。

「どうしたんだ、それ」

「ああ、ちょっと野良犬に嚙まれてしまって……たいしたこたぁねぇんです」

文吾は照れくさそうに答えた。

「その野良犬に嚙まれたってのが馴《な》れ初《そ》めらしいんですよ」

仲間たちが文吾の頭をこづく。

「怪我をしたところを手当てされて、それですっかりまいっちまって」

「そうなのか？」

兎月が聞いても文吾は「あははあ」とだらしなく笑っているだけだ。子供っぽい顔が余計ガキめく。

「それで先生、今日はなんのご用で」

大五郎が聞いてきた。それで兎月は藤屋の娘、たまきが家に戻らなかったという話をした。

「若い娘が身を隠しそうなところ、あと、そういう娘を誑《たぶら》かしそうな色男を知らねえか？」

「そうですねえ、そのたまきって娘が会ってた〝オトモダチ〟が悪い野郎なら、もう遊郭に沈められているかもしれやせんね」

大五郎は軽い調子で言った。

「すぐにいくつか遊郭に聞いてみましょう。もしそうなら藤屋は金を払うでしょう」

「そうだと思う。けっこうなお嬢さん風だったからな」

兎月は昨日のたまきの姿を思い出して言った。

「遊郭じゃねえ場合はかどわかしという線もありますね」

「そっちの方が捜す手間がはぶけるけどな」

大五郎はすぐに子分たちを宝来町へ走らせた。辰治と文吾もなにか言い合いながら走っていった。

「ああ、そうだ。あと、西川町の大工が行方不明になってんだ。幸助ってやつらしい、心当たりはないか？」

「うーん？」

大五郎は首をひねる。

「その名前はあっしには覚えはないですね。それも捜しておきますか？」

「ああ、頼む。賭場《とば》に出入りしているかもしれねえからな」

「へえ」


宇佐伎神社へ戻ると本殿の前にツクヨミがしゃがみ込み、神使のうさぎとなにか話していた。

兎月に気づいて手を振る。そのツクヨミの前からうさぎたちは空に駆け上がっていった。

「怪ノモノを捜しているのか」

「ああ、まだ見つからない」

ツクヨミは青空に溶けてゆくうさぎたちを見て言った。

「もうじき新月になり月は隠れてしまう。我の力がほとんどきかなくなるときだ。それまでにはなんとか見つけたい」

「そうだな」

「黒木やお葉が言っていた行方不明の人間の話、あれに怪ノモノが関わっている可能性もある」

「そうなのか？」

「話を聞いてからなんだか胸がそわそわするのだ。おぬしはそんなことないか？」

「俺はただの人間だからなあ……」

「おぬしはまだまだ修行が足りぬな」

ツクヨミは鼻から息を吐く。

「助かるよ、うさぎにならずに済む」

兎月は言い返した。修行が進めば兎月はうさぎに生まれ変わる。生前の自分が願ったことだが、今は断固拒否したい。

(あれは一時の気の迷いだ)

第一うさぎになったら刀が振れないではないか。刀剣を持つことが禁止されている現状でも、兎月は刀とともに生きたかった。

「お、黒木が来たぞ」

ツクヨミが鳥居に視線を向ける。巡査姿の黒木がふうふう言いながら石段を駆け上がってきたところだった。

「よう」

兎月が手を上げるとそれに応えてこちらに来た。

「藤屋の娘のことは聞いているか！」

挨拶もなくいきなり聞いてきた。

「お葉さんがひどく心配している。必ず見つけると俺は約束した！」

この意気軒昂《けんこう》具合をみると、お葉はわざわざ警察に行ったのかもしれない。もちろん藤屋の付き添いとしてだろう。しかし黒木からすれば、自分を頼ってきてくれた、と思いたいのだ。

「大五郎組にも協力してもらって……」

「もしなにかわかったら」

黒木はかぶせ気味に言った。

「すぐに俺に知らせてくれ」

兎月は腕を組んで黒木を睨んだ。

「おまえは西川町の大工の件もあるんだろう？」

「もちろん、そっちだって調べているさ」

「お葉さんは自分の仕事をきっちりする人間が好きだぞ」

そう言うととたんに背筋が伸びた。

「ちゃんとやってる！　今だって幸助の女房に話を聞いてきたところだ！」

言い捨てて帰ろうとする背中に兎月は声をかけた。

「そういえば思い出したことがあるんだが」

その言葉に黒木が目を輝かせて駆け戻ってきた。

「なんだ！」

「満月堂で藤屋の娘に会ったとき――つまり姿を消す前なんだが、腕にきったねえ布を巻いてたのが気になったんだ。もしかしたら怪我をしたのかもしれない。そこからなんかわからねえか」

「……」

黒木が黙り込んだ。半眼になり、ぼんやりした顔になる。

「どうした？」

「あ、いや」

夢から覚めたように顔を上げる。

「腕に怪我だな。医者にも当たってみよう」

「医者があんなぼろ切れを巻くとは思えねえがな」

兎月の脳裏に浮かんだのは大五郎組の文吾だ。確か彼も足に布を巻いていた。犬にやられたと言っていたな。

「大工に仕出し屋の娘……同じ行方不明と言っても関係があるとは思わねえが、どっちかを探しているついでにどっちも見つかるといいな」

黒木はそう言って帰っていった。


兎月はその日はずっと神社にいた。このところ麓へ出ていたので神社がなんとなく汚れているような気がしたのだ。

玉砂利を掃き清め、本堂を水拭きしてみる。時折うさぎたちが戻ってきて、掃除をしている兎月に『モットシッカリ』だの『マダキタナイ』だのと声をかける。

「うるせえ！　てめえらは小姑《こじゅうと》か！」

怒鳴るときゅっきゅっと笑いながら空に逃げてゆく。

「ツクヨミ、おまえの霊力とか神力とかであいつらに掃除をさせることはできないのか」

兎月がぼやくとツクヨミは「なにをぬかす」と目を丸くした。

「神殿は神が坐《いま》す場として人間が用意したものだ。人が作ったのなら人が管理するのは当然だろう」

「だけどよ」

「それにうさぎの手でどうやって雑巾を絞れと言うのだ」

ツクヨミは神使のうさぎを抱いてその小さな両手を見せた。先の細いふわふわの手。

「じゃあ猿が神使の方がよかったな」

「猿が神使の神社もあるが、そこだって神使に掃除はさせんぞ」

そんなわけで兎月は夕方まで一人で本殿を掃除したのだった。


夕方、辰治がやってきた。両肩に大きな竹かごを担いでいる。中に入っていたのはトウモロコシやナス、夏の野菜だ。

「親分からうさぎの先生に差し入れです」

「やあ、これはすごいな」

ごろごろと出てくる野菜に兎月は相好を崩した。特にトウモロコシは最近初めて食べて、そのうまさに驚いたものだ。

「こんなのが採れるんだから北海道はすごいな」

ほくほくと野菜を厨へ運ぶ。辰治も手伝ってくれた。その手に布が巻き付いている。

「どうしたんだ、それ」

聞くと、ああ、とうなずいて、

「文吾と一緒にあいつの女がいるって家に行ったんですよ」

「へえ、女、見たのか？　いい女だったか？」

「ええ、まあ、見たような見なかったような……」

辰治は曖昧な笑みを浮かべた。

「どっちなんだ」

「女は――」

うーんと腕を組んで考える。

「あれえ、なんかよく覚えてないな……女は家の中にいたのかな？　それで顔は見てなくて」

「なんだ、そうなのか」

「これはその……犬に……噛まれたんですよ」

「犬？　文吾もそんなこと言ってたな。野良犬がそんなに多いのか？」

「野良犬っていうか……女の家のそばにいるんですよ、黒いのが」

辰治はじっと自分の手を見る。

「それで噛まれて……そのとき俺、女に手当てしてもらって、この布巻いてもらって」

「なんだよ、文吾とまるきり同じじゃねえか」

「でも別の女ですよ。すげえいい子で……文吾の女なんかより美人で」

「顔は見なかったんじゃないのか？」

兎月の言葉に辰治は「あれ？」と首を傾げた。

「見たような見なかったような……」

話がまた元に戻ってしまった。

「でも俺、ろくに礼も言わずに帰ってしまって」

辰治は急にはっきりとした顔を兎月に向けた。

「そんなわけでちゃんとお礼を言いたいんです。うさぎの先生、明日、俺と一緒にその女のところへ行ってもらえませんか？」

「俺が？」

「また犬がいたらいやなんで……先生がいれば大丈夫だと思うんです」

「なんだ？　俺は犬除《いぬよ》けか？」

「お願いします、先生！　お願いします！」

辰治は深々と頭を下げる。

「俺じゃなくて文吾と行けばいいじゃねえか」

「文吾はいません」

ひょいと顔を上げて辰治は言い放った。

「え？」

「あいつ、帰ってこないんですよ……きっと女のところに居続けてるんです」

投げやりな調子だ。よっぽど文吾に先を越されたのが悔しかったのか。

「そんなことより、俺と一緒に行ってくれますよね」

辰治は一転して様子が変わり、必死な顔で兎月にすがりついた。

「お願いします、一緒に行ってください、お願いします」

「おい、辰治……」

「お願いしますお願いしますお願いします……」

「おい、落ち着け。わかったから」

そう言うと、ぱっと体を離して満面の笑みを浮かべる。

「よかったあ……！」

その笑みを見たとたん、兎月は背筋を冷たい手で撫で上げられたような気持ちになった。

「辰治……？」

「じゃあ、先生、明日の昼に迎えに来ますね！」

辰治は陽気な調子で言うと、弾むような足取りで帰って行った。

「ツクヨミ」

兎月は石段を下りてゆく辰治を見送りながら呼んだ。

「あいつ、少しおかしかないか？」

「うむ……」

ツクヨミは幼い頬を強張らせている。

「確かになにかおかしい。いつもの辰治と違って、気が……濁っている感じがする」

「文吾が女のところへ行って戻っていない――藤屋の娘も友人のところへ行って戻らなかった」

彼らに共通しているのは腕や足に巻かれたぼろ布……。

「偶然ならいいんだがな」

函館の町の上に星がきらめき出す。その光はどれも震えているように見えた。

三

その夜の眠りはなぜか浅く、兎月は何度も目を覚ました。いっそ怪ノモノがやってきてくれないかと思ったが、山はしんと静まりかえっている。

ようやく眠ったと思ったら、すぐに朝の鳥の声で起こされてしまった。

泉から水を汲んできて顔を洗い、素振りを五百回してようやく頭がすっきりした。

すっぱだかになって体を拭いていると黒木がやってきた。

「早いな」

兎月は着物をはおりながら言った。

「昨日、おまえが言った藤屋の娘の怪我のこと、少し聞いてきた」

黒木は兎月の木刀をひょいと手にして言った。

「母親の話では、行方不明になる前日に怪我をしたらしい。たまきは犬に噛まれたと言っていたそうだ」

「犬、か」

偶然にしても三つも重なるのはおかしい。

「母親は怪我に巻くにはあんまり汚いと思って取り替えるように言ったらしい。だがたまきは平気だと言って——強引に母親が取り替えようとしたら……」

黒木は一度言葉を切って、兎月の木刀を鋭く振った。ぼっと空気を裂く鈍い音がした。

「尋常じゃない大声を上げて拒んだらしい。あまりの様子に母親もびっくりして、手出しするのはやめたそうだ」

「ほう」

黒木は木刀を兎月に返した。

「昨日、おまえに怪我のことを聞いたとき、あれって思ったんだ。同じことを聞いたなって」

「同じことを？」

そういえばあのとき黒木は妙な表情をしていた。

「大工だよ。大工の幸助が仕事が人ったたって帰ってきたとき、腕を怪我してたって女房が言ってたんだ。布を巻いてたって。汚いかどうかはわからなかったが、確かにボロっちい布だったとさ」

それで兎月は大五郎組の文吾の話をした。足を怪我して布を巻いていたこと、犬に噛まれたと言っていたこと、昨日戻らなかったこと。

「みんな犬に噛まれた翌日にいなくなっているってことか」

黒木は口元に手を当て、顎をぎゅっと摘まんだ。

「こりゃあなにかあるな」

「実は辰治もなんだ」

兎月は今日辰治と一緒に出かける話をした。

「危なくねえか？」

「それで考えがある」

兎月は黒木に耳打ちした。黒木は話を聞くとうなずいた。

「わかった、任せとけ」

黒木が仕事に戻ったあと、兎月は木刀を振った。

「兎月」

ツクヨミが本堂の上に立っている。

「今日は我も一緒にいくぞ」

「危険だぞ」

「神が自分の神使を護らなくてどうする」

兎月はツクヨミに向かって鋭い突きを入れた。ツクヨミは目の前で止まった木刀の先にふわりと乗る。

「辰治を護ってやるのだぞ、兎月」

「わかってる」

うさぎたちが兎月の周りを飛び跳ねる。

『タツジ　ダイジ』

『ヤサイ　モッテキテクレル』

「わかってるって」

兎月は木刀を振った。この行方不明事件には必ず怪ノモノが絡んでいる。狙われたものは犬のようななにかに噛まれ、布を巻く。おそらくそれが印だ。そして翌日どこかへ赴き、行方をくらます。赴く先は仕事場だったり友人のところだったり女のところだったり……。

「連鎖は俺が断ち切ってやる」

兎月は踏み込んで空を斬った。


昼過ぎに辰治がやってきた。単衣の着物の裾をひらひらさせて、元気よく石段を上がってくる。

その様子には怪ノモノの影も見えなかった。

「じゃあ行きましょうか、先生」

「ああ」

兎月は辰治の手の布を見た。昨日と同じ、雑な巻き方をしてある。

兎月はツクヨミうさぎをこっそりと懐に入れていた。念のため辰治には言っていない。

辰治に怪ノモノが入り込んでいるならツクヨミにはすぐわかる。しかし、ここに来ている辰治はいつもの彼だ。とすると、辰治はどうやってか怪ノモノに操られているとしか思えない。ツクヨミがいると怪ノモノは用心するかもしれないためだ。

辰治を怪ノモノから解放するには大本を断たねばならない。

自分をどこへ連れていくつもりか、そこに怪ノモノがいるのだろうか？

函館山を下りて、辰治は海沿いの道をまっすぐに歩いた。いつものように朗らかで、最近の大五郎組の話を面白おかしく聞かせてくれる。

「辰治、おまえを手当てしてくれた女てな、どんな女なんだ？」

兎月はもう一度聞いてみた。

「ええー、そりゃあれですよ。いい女で」

「いい女ってのは具体的にどういう女なんだ？」

「具体的って言われましてもねえ……うーん、難しいなあ。先生が直接会ってくださいよお」

ちっとも詳しく話さない。かわいかっただの優しかっただの言うだけで、兎月には女の姿が描けなかった。

海沿いをいくつかの集落を過ぎた頃、辺りが薄暗くなってきた。潮のせいですっかり湿っぽくなった着物がいっそう重く感じられる。

「もうじきですよぉ」

辰治は嬉しそうに言う。兎月は懐に手を入れてツクヨミを撫でた。

足下に緑が増えてきて、気がつくと辺り一面の草っぱらだ。膝丈くらいの草がさわさわと揺れている。

「辰治……こんなところに誰か住んでんのか？」

「あったりまえですよ」

辰治の声の調子は変わらない。

「ほらほら、見えてきました」

草むらの中、小さな小屋がうずくまるようにして建っていた。柱もひしゃげて今にも潰れそうだ。屋根は板が渡してあり、拳ほどの石がいくつか載っている。なぜか家の周りには草が生えておらず、白っぽい土がむきだしだった。

兎月は立ち止まった。なんだか腹が気持ち悪くなってきた。

変だ。なにが奇妙かよくわからないが……。

「どうしたんですぅ」

辰治がにっこりして言う。

「ほら、娘さんが待ってます」

「辰治、おい」

「先に行きますね」

辰治はすたすたと小屋に歩いていった。

「こんちはあ！」

大声で中に呼びかける。小屋には戸もなく、汚い布が一枚、バタバタと風になびいている。

(あの布)

辰治の拳や文吾の足に巻かれていたのと同じ布ではないか？

辰治は布をめくって中に呼びかけた。

「ああ、すみません。こないだはどうもぉ！」

元気よく声をかけている。対する中のものの声は兎月には聞こえなかった。兎月は周囲を見回した。自分の覚える違和感のもとはなんだろう。

「ああ、そうなんです。ええ、そう」

なにかおかしなことを聞いたのか辰治がゲラゲラ笑う。

「はい、ええ――でしょう？　そうなんですよう、そえんかばりな」

ん？　と兎月は顔を上げた。今辰治の言ったことが聞きとれなかった。

「あもてますすま、さらかんどうで、あばりです」

声ははっきりしている。だが意味がわからない。

そのとき兎月は気づいた。草だ。小屋が立っている周囲には膝丈の草がそよいでいる。普通家に誰かが出入りするならそこは踏まれて草も少ないはずなのに、周囲はどこもびっちりと草が生えている。

それを兎月の感覚がおかしいと刺激していたのだ。

「さなと、さばり、そば、そいそ……」

辰治は大声で訳のわからない言葉を吐き続けている。

「兎月！　辰治が危ない！」

懐の中でツクヨミうさぎが叫んだ。そのときにはもう兎月は走って辰治の背後に駆け寄っていた。

「辰治、来い！」

辰治の襟首を摑んでこちらに引き戻す。だが辰治はぐりんとのけぞると、白目をむいて兎月を睨んだ
「あに、する、んだ、すかあ、うあいのせんせえ」

小屋の中は真っ暗だ。なにも見えない。辰治に応対していたものの姿もない。

「いいから来い！」

小屋から離そうとすると突然辰治は悲鳴を上げ出した。

「きりいぃえええええええっ！」

人の声のようではなかった。

「辰治！」

「ぐらぁあああぁあぁああああああっ！」

羽交い締めにしてずるずると引っ張る。ある程度離れると、辰治はがっくりと首を垂れ、意識を失ってしまった。

兎月は辰治を草むらに横たわらせ、小屋に対峙した。ツクヨミも懐から飛び降り、後ろ脚で立ち上がって小屋を見つめる。

突然、人の顔がひとつ現れた。だがその位置はほぼ地面の上だ。

ざわざわと周りの草が揺れていた。風の動きではない。

「ツクヨミ……気をつけろよ」

「おぬしもな」

ぐわっという唸り声とともに、黒い固まりが低い位置から跳躍した。とっさに避けるとそれは地面に頭から激突する。だが、すぐに体勢を戻した。

「これが……犬⁉」

それは真っ黒な四つ足の獣だった。犬ではない。ありえない。

「ひと……っ⁉」

真っ黒な毛に覆われてはいたが、その顔は人だった。目も鼻も口もある。しわだらけの年寄りの顔だ。男か女かもわからなかった。

「ううう」

別の唸り声が聞こえた。そこにも黒い獣がいた。顔の平たい男だ。

小屋からぞろぞろと黒い獣たちが現れる。どれも毛むくじゃらで、しかし、その顔は人だ。

「お、おまえ……っ！」

中に崩れた桃割れを結った若い娘の顔をした獣がいた。それは忘れもしない、満月堂で出会った娘だ。

「ひいいい……」

娘は両の目から涙を流していた。だがその目は焦点を結んでいない。

「まさか」

兎月は小屋を見て怒鳴った。

「文吾！　文吾もいるのか！」

その声に応えたのか、のそりと現れたのはすっかり姿の変わった文吾だった。犬のような体、全身を覆う毛、そして文吾の顔。

「文吾……」

大量の涎《よだれ》を溢れさせながら、文吾が近づいてくる。

「ツクヨミ……こいつら、元に戻るか？」

じりじりと追いつめられながら兎月は聞いた。ツクヨミうさぎも呆然と立っていたが、その声にぱっと目を見開いた。

「その姿は影だ。本体はどこか別にある」

「そうか」

兎月は手を伸ばした。手のひらの中に光が集まり出す。

「影なら遠慮はしない――」

兎月の右手の中に是光が顕現した。桜とうさぎの鍔《つば》、朱の柄巻き、日差しを跳ね返す鋼《はがね》の胴――。

飛びかかってきた黒い獣を一撃で斬る。刃が触れた瞬間、墨《すみ》を散らすように獣が弾け飛んだ。

次々と獣が飛びかかってくる。大きく口を開け、歯で噛みつこうとする。

「うさぎの！」

草原を走ってくるのは黒木だ。辰治が来たときからあとをつけてもらっていた。

「遅いぞ！」

兎月は文句を言った。

「すまん、なぜか途中で見失った！」

「辰治を頼む！」

黒木はすぐに横たわる辰治を見つけ、草の中を引きずる。

「そいつらはなんだ⁉」

「わからん！　小屋から出てきた！」

黒い獣が黒木に向かう。黒木は腰の刀でそれを払ったが、弾き飛ばされた獣は再び黒木に飛びかかった。

「な、なんだ、こいつら……っ！　人か、獣か！」

「黒木！　そいつらは刀じゃだめだ！　それよりあの小屋の中を探してくれ！　生き残っているやつがいるかもしれん」

兎月は黒木に対峙している獣を背中から斬った。

「わかった！　獣は任せるぞ」

黒木は小屋に向かって走った。

兎月は空の中をこちらに向かってくる白いうさぎたちを見た。応援に駆けつけてきたのだ。

「うさぎの、獣を押さえてくれ！」

黒木はそう叫びながら小屋の中に飛び込んだ。一転して黒木に向かって黒い獣たちが走り出した。それを追って兎月は剣を振った。うさぎたちも獣の背中に張り付き押さえ込む。

やがて黒木は中から娘を一人、若い男を一人、二人と引きずり出した。

「……っ、からだが残ってたのはこれだけだ！」

その言葉に中でなにがどうなっていたのか想像がつく。

「わかった。その小屋燃やしちまえ！」

兎月の言葉に応えて黒木はかがみ込み、火入れで火を点け出した。

そうはさせじと黒木に向かう黒い獣たちを追いかけ、兎月が叩き斬る。

やがて黒木が熾《おこ》した火は、小屋の壁をなめ始めた。

屋根まで炎が這い上がると同時に獣たちがいっせいに悲鳴を上げる。

「ぎえええええええっっっっ！」

うさぎたちは空に舞い上がり旋回を始めた。その動きは空気をかき混ぜ、炎を煽《あお》る。

屋根の火はやがて小屋全体を包んだ。

黒い獣たちの体が次々と燃え上がる。獣たちは体をねじるようにしてその火の中に消えていく。

小屋は黒い煙を上げながら燃え落ちていった。


「……終わったのか？」

草むらで膝をついていた黒木がこわごわと言った。

「そうみたいだな」

すぐに斬り伏せられる相手だったが、なにしろ数が多かった。兎月もさすがにくたびれて地面に腰を落とした。

小屋はまだ黒い煙を上げ続けている。草に燃え移るかと心配したが、火は小屋だけを包んでいる。もしかしたらツクヨミが炎の勢いを抑えているのかもしれない、と兎月は思った。

「なんなんだ、あの小屋は」

「わからん」

黒木が聞いてきたが兎月は首を振るだけだ。

「怪ノモノと関係があったのか」

「わからん」

今は疲れてしまって黒木の問いに答える気力も湧かない。

ツクヨミうさぎがぴょこぴょこと尻を上下させて近づいてきた。

「大丈夫か？」

「疲れた」

「あれを斬るごとにおぬしの生気が吸い取られていくようだった」

「なんだと？」

ツクヨミは小さな手で兎月の膝に触れた。

「あの黒い獣が浄化されるために必要だったのだろう。あれは元は人だからな……人を救うには人の力がいる」

ツクヨミは、どこか申し訳なさそうに言った。

「怪ノモノはみんな元は人だろう？」

「人の昇華されぬ恨み憎しみが怪ノモノになる。怪ノモノは麓に降りて虚ろに巣くう。だが、今回入り込んだのはまた別のもの……人の恨みの固まりだ」

「恨みの固まり？」

「あの小屋は……」

ツクヨミは力なく耳を垂らしていた。

「治る見込みのない病人や、伝染病にかかったものを捨てていた場所だ。捨てられたものは里に戻らないように手足を折られる」

兎月は獣たちを思い出した。四つ足で走り回っていたがどこか違和感があった。手足の長さが揃っていなかったのだ。あれは折られた果ての姿だったのか。

「そうして人や世間に絶望し、呪いながら死んでいった。そんな念が澱《おり》のように溜まっていたところに怪ノモノが引きずり込まれたのだ」

兎月も黒木も無言で煙を上げる小屋を見つめた。

「おぬしはそういう二つ分の恨みを浄化したのだ。疲れるはずだ」

「……胸が悪くなる」

兎月は吐き捨てた。

「彼らは健康な人間の身体が欲しかったのだろう」

黒木は起き上がると自分が助け出した人間たちを見た。

「藤屋の娘と三下は無傷だ。だが大工の方は……」

兎月も起き上がり近寄った。大工は腹に大きな穴が空いていた。生きたまま食われたのか、顔が恐怖と苦痛に歪んでいる。

「ツクヨミ、娘と文吾はどうだ？」

うさぎは二人のそばに顔を寄せた。

「……大丈夫そうだ」

ツクヨミがほっとした様子で答える。

「そうか、よかった」

そのとき、草を踏みしめる音がした。辰治が起き上がり、ふらふらと近づいてくる。頭に手をやってしきりに首を振っていた。

「辰治、大丈夫か。じっとしてろ」

「……うさぎのせんせい……」

辰治は兎月のそばに来ると、膝から崩れ落ちた。思わず兎月が手を伸ばして受け止める。

「う、」

兎月の口から小さな声が漏れた。

辰治はずるずると兎月の体に沿って倒れてゆく。拳から布がはらりと落ちた。その手にあったのは人の歯型だった。どんな力で嚙まれたのか、肉が一部抉《えぐ》られている。痛んだだろうに、気づいていなかったのか。

「兎月？」

ツクヨミが名を呼んだ。兎月の様子がおかしかったからだ。

「……」

兎月は呆然と前を見ていた。その口から血が一筋流れ落ちる。

「兎月！」

兎月の胸に匕首《あいくち》が刺さっていた。辰治のものだ。倒れた辰治の体から黒いもやが滲《にじ》み出る。

「怪ノモノ！　隠れていたのか！」

「……くそっ！」

兎月の手に是光が現れた。兎月は半ば意識なく黒いもやを斬り、そのまま前のめりに倒れてしまった。

怪ノモノは耳障りな声を上げて消えてゆく。それは嗤い声にも似ていた。

四

「急げ！　急ぐのだ！」

ツクヨミは黒木の足下で飛び跳ねながら叫んだ。他の神使たちも周りを飛び回り、聞こえない声で叫んでいる。

「兎月が死んでしまう、急いでくれ」

「お、俺だって、全力なんだ……っ！」

兎月を背負って走っている黒木が喘ぎながら言った。

兎月が操られた辰治に刺されて倒れたあと、黒木は兎月を抱えて一番近い集落の家に駆け込んだ。

そこで金を渡し、草原に三人倒れているのですぐに警察を呼ぶようにと頼んだ。そして自分はツクヨミに請われるまま、兎月を背負って函館山を目指している。

「医者に診せた方がいいんじゃないのか!?」

黒木はツクヨミうさぎを振り返らず、前を向いて怒鳴った。

「兎月は我が蘇らせたもの。普通に治療したのでは助からぬ！」

黒木は舌打ちして遠くに見える山を見上げた。

「お、ちょうどいい」

道の向こうから魚を載せた荷車が来る。黒木はそれを止めた。

載っている魚を全部買うと言って、馬ごと荷車を借りる。魚を下ろすと兎月をそこに寝かせた。

「おい、しっかりしろ。今神社に運ぶからな」

声をかけると兎月は聞こえたのか、頰を歪めて苦しそうに息を吐いた。

「なまぐせえ……」

「贅沢《ぜいたく》言うな！」

黒木は鞭《むち》を打って馬を走らせる。ツクヨミうさぎは一緒に乗って、兎月の顔を覗き込んだ。

(兎月、まだ死ぬな……おぬしは修行の身、このまま死ねば輪廻の輪に入れず消えてしまう……)

胸のうちではそう思っていたが、声は明るくして励ました。

「大丈夫だ、我が死なせはしないからな！　なに、たいした傷ではない。我が祈ればたちまち治る！」

兎月は必死な顔のツクヨミに笑いかけようとしたが、それは中途半端に終わってしまった。

「……俺の油断が招いた結果だ……。辰治を恨むな……」

「神が人を恨んだりはせん！　辰治だって操られていて自分のしたことを知らぬのだ」

「そうだな……」

兎月は上空でぐるぐる回っているうさぎたちを見上げた。

「そんな……心配すんな、大丈夫だよ……」

兎月は切れ切れに言葉を継いだ。

『トゲツ！　トゲツ！』

『キヲ　シッカリ！』

『トゲツ！』

兎月は目を閉じた。まつげの下の長い影が彼の顔に死の彩りを添える。

「兎月！」

ツクヨミうさぎは白い前足で兎月の頬を叩く。反応はなかった。夏の日差しに照らされているのに氷のように冷たく、砂のように白い顔だ。

やがて荷車は函館山の麓に着いた。黒木は兎月を抱えて下ろし、長い石段を絶望的な目で見上げる。

「黒木、頼む」

ツクヨミうさぎが耳を垂れ、泣きそうな顔で見上げた。

「神様が人に頼んじゃいけませんよ」

黒木は苦く笑うと兎月を背に乗せた。

「俺の心の臓が保《も》つようにご加護を」

言うなり石段を駆け上がった。


神社の鳥居をくぐったときには、黒木は息も絶え絶えだった。呼吸を整える間もなく、よろよろと玉砂利の境内を進む。

本堂に近づくと扉がギイと開いた。黒木はその中に兎月を放り込んだ。

「こ、これでいいか」

階に身を投げ出して、黒木はぜえぜえと荒い呼吸を繰り返す。

「すまぬ、助かった」

そう言うとツクヨミうさぎは黒木を飛び越えて本堂に入った。他のうさぎたちも吸い込まれてゆく。

「おい、俺も――」

黒木がそのあとを追おうと身を翻した鼻先で、扉が閉まってゆく。

「――あとは神の領分だ」

声が響いて黒木ははっと身を伏せた。

扉が完全に閉まる直前、黒木は内側に真っ白な子供の姿を見た気がした。そのとたん、全身が雷に撃たれたようにびりびりと痺《しび》れ、硬直した。

パタンと扉は閉ざされた。黒木は伸ばしていた手を下ろす。

(今のが……神意か)

畏《おそ》れ多く、ひれ伏したくなるほどの圧。函館を護る、圧倒的な力。

黒木はよろよろと階段を下りると、玉砂利の上で正座し、本堂を見上げた。

「うさぎの……。絶対死ぬんじゃねえぞ。まだ俺はおまえに勝ってねえんだからな」

扉の内側では横たわった兎月の周りをうさぎたちが取り囲んでいた。横浜に行った皐《さ》月《つき》を入れずに全部で十一羽。ツクヨミも神の姿で立っている。

ツクヨミは兎月の着物のあわせを開いた。黒木が応急処置をした布が真っ赤な血を吸っている。

それを取り除くとまた新たな血が溢れてきた。しかし量は少ない。

『カラダ　ツメタイ』

『チガ　タリナイ』

うさぎたちは囁き合う。

『イノチ　ヤバイ』

『トゲツ　キケン』

普段兎月とよく喧嘩をするものたちも耳を垂らしてうなだれていた。

「……我は……宇佐伎神社はまだ兎月を失うわけにはいかん」

兎月の命が流れ出してゆくのを見ていたツクヨミは、ぎゅっと小さな両手を握った。

「だが、このままでは兎月は死に、その魂は消えてしまう……」

ツクヨミは兎月の周りにいるうさぎたちに目を向けた。

「すまない。おぬしらの中から一羽……誰か兎月の命になってもらえぬだろうか」

ぴん、とうさぎたちの耳が立った。

「おぬしたちはこの神社の信心の姿、神気の結晶……兎月の生気としてその力を与えてほしい」

うさぎたちは顔を見合わせた。無から生まれた彼らも神社の中で怪ノモノと戦い、人と関わっていく中で人のような思いも個性も備わってきた。兎月と一体になるということは、その存在が消えるということも理解している。ためらいが彼らの中にもあった。

『……ワレガ　トゲツノイノチニ　ナル』

一羽が前脚を上げた。体の小さなうさぎだった。

「長月《ながつき》……」

『ワレハ　トゲツニ　タスケラレタ』

それは数日前、怪ノモノに絡みつかれていたうさぎだった。

『アノトキ　トゲツノジャマヲシナケレバ　ケノモノヲ　ニガスコトモナカッタ』

ぴょん、と尾を振り、兎月のそばに寄る。

『ワレハ　トゲツガ　スキダ』

「おぬし……いいのか？」

ツクヨミは膝をついてそのうさぎ、長月を抱き上げた。

『カマワナイ　ワレハ　トゲツノナカニイル　コレカラモ　カミサマトズット　イッショ』

長月はふわふわした小さな頭をツクヨミの頬に擦りつけた。ツクヨミは一度ぎゅっと目をつぶり、次には優しいまなざしを向けた。

「うむ。ずっと一緒だ」

抱いていたうさぎをそっと兎月の胸の傷の上に置く。うさぎは周りを取り囲む同胞たちに赤い目を向けた。

『デハ　ナ』

『マタ　アオウ』

『ゲンキデ』

顔を上げたうさぎたちがぴすぴすと鼻を動かした。さよならは言わない。耳をいっせいに下げ、目を閉じた。

ツクヨミは長月に向かって手を差しのべた。長月は頭を垂れ、前脚を祈るように組み合わせる。

ツクヨミの体が輝き、その光が兎月と長月を包んだ。長月の白い体は雪が溶けるように小さくなり、やがて兎月の中に消えていった。

扉が開く音に、外で待っていた黒木は顔を上げた。本堂が開かれている。

黒木はそろそろと階を上った。

本堂の中を覗くと、兎月が一人で横たわっていた。

「うさぎの――」

黒木は本堂に入ると、目を閉じている兎月の鼻先に手を持っていった。

「……」

すうすうと息が手のひらに当たる。

「……っ、ふう……」

黒木は肩の力を抜いた。胸を調べてみると傷口はふさがっていた。

「助かったのか」

本堂の中には誰もいない。少なくとも黒木にはなにも見えなかった。

「よし、じゃあ俺は戻って仕事をするか」

黒木は立ち上がった。今頃はあの草っぱらに仲間たちが行って三人を助けているだろう。大工は駄目だった。女房に気の毒な連絡をしなければならない。

「それにしてもなんて説明すればいいんだ?」

上司の気に入るような報告をでっちあげる苦労を思って、黒木はのろのろと神社を出た。

終

あのあと、目を覚ました辰治はなにも覚えていなかった。そもそも兎月と海辺を歩いた辺りから記憶が怪しい。

「先生と浜を歩いて……でもなんでそんなとこ行ったんでしょうかね？」

藤屋の娘たまきも菓子を二十個買ったことは覚えていたが、なんのために買ったのかは忘れてしまった。

「すごく怖い夢を見てた気がするの。暗いところにたくさん顔があって……顔があって……ううん、もうなにも覚えてない」

文吾は自分に女がいたということを覚えていない。組のものにそう言われても首をひねるばかりだ。

「そんないい女のことを覚えてないなんておかしいなあ……ほんとに俺、そんなことを言ったのか？」

文吾も気持ちが悪くなるような不気味な夢を見ていたと言ったが、夢の内容は覚えていなかった。

草原の焼け跡からは、たくさんの骨が出てきた。古い骨もあれば新しいものもあった。着物なども全部燃えてしまっているので、どこの誰とも確認できない。

周辺の集落ではあの草原は忌《い》み地だと言われていた。小屋があることは知られていたが、寄るものはいないということだった。

「昔使われていたと年寄りは言ってますが、なんのための小屋かは聞いとりません。ただ子供の頃からあそこには近づくなと言われとりました。言うことを聞かないと小屋から怖いものが来るぞ、とこの辺りの子供は聞かされておりました」

黒木は結局、たまきの行方不明の件は「攪乱《かくらん》（現代の熱中症）による意識消失」により、一晩草原で倒れていたと報告した。

大工は野犬に襲われて死亡、文吾の方は警察に報告されていなかったので無視した。

兎月は丸一日本堂で眠り、やがて回復した。起きたときは次の日の夜中だった。

「……寝すぎだ」

ふらふらと本堂から出て瓶の水を飲む。怪ノモノと戦ったこと、辰治に刺されたことは覚えていたが、そのあとのことは知らない。

「大丈夫か？　無理するな」

ツクヨミが後ろからついてきて言った。うさぎたちも揃って心配そうに見上げている。

兎月はその目にちょっと困って頭をかいた。

「もう大丈夫だ。心配かけたな」

「よかった」

「おまえが助けてくれたんだろう？」

兎月が言うとツクヨミはそっくり返った。

「そうだとも。我に感謝しろよ」

「おまえもそれがなきゃあいいのにな」

兎月は刺された胸の辺りを撫でた。傷はないが着物に穴は空いている。そこに指をくぐらせ、大きさを確かめた。

「さすがはカミサマだ」

「うむ」

ツクヨミはひらりと賽銭箱の上に乗った。

「それでも我にも力の限界はあるからな。あまり無茶をせず、油断をせず、驕《おご》らず、なまけず、この神社を護ってくれよ」

「ああ、もちろんだ」

そう応える兎月の頭をツクヨミは手を伸ばして撫でた。

「おい、なにをする」

それをいやがって兎月が首を振る。それから気づいたように言った。

「なあ、」

「うむ」

「うさぎ、一羽足りなくねえか？」

兎月はうさぎを数えた。

「確か今は十一羽いたんだよな……さっきから数えていたが十羽しか見えない」

「うむ」

ツクヨミは両手で顎を支えた。

「一羽、お役目で天へ還ったのだ」

「役目？」

「そうだ。月で餅をつくうさぎが足りなくなったのだそうだ」

兎月は目を丸くした。

「え？　ほんとに月ではうさぎが餅をついているのか？」

「うむ」

兎月は空を見上げたが、今は新月になる前の細い細い三十日月《みそかづき》が出ているだけだ。やがて月は徐々に太ってゆき、季節も盛りの夏となる。

「……そうか。頑張っているといいな」

「うむ……」

ツクヨミはちょっとうつむいて目を擦る。

「そのうさぎ、なんてやつだ？」

兎月が聞いてきたのでツクヨミは笑顔をつくった。暗いので目の縁が赤いのは見えないはずだ。

「長月。長月というのだ」

「長月、か」

兎月は消えそうな細い月を見上げた。

「なあ、今度祭りでもやるか？」

「え？」

ツクヨミは急にそんなことを言い出した兎月に驚いた。

「そうしたら人も集まって信心もたくさん集まって……神使も増えるだろ？　一羽減ったって変わりゃしねえと思ったけど、二羽もいなくなったら寂しいだろ」

兎月の言葉にツクヨミはくすっと笑った。寂しいのは兎月自身だろう。だがそれは言わない。言えば兎月はむきになって否定するに違いない。

「兎月のくせに生意気だな。さしあたりどうすれば人が増える」

「そうだなあ……祭りでもやるか？」

「うむ、それは楽しそうだ」

兎月とツクヨミとうさぎたちは、瞬《またた》く星の下でどんな祭りにするか話し出した。にぎやかな声が山の中に長い間響いていた。

この物語はフィクションです。
実在の人物、団体等とは一切関係がありません。
本書は書き下ろしです。

霜月りつ先生へのファンレターの宛先

〒101-0003　東京都千代田区一ツ橋2-6-3　一ツ橋ビル2F
マイナビ出版　ファン文庫編集部
「霜月りつ先生」係

神様の用心棒
～うさぎは星夜に涼む～

2023年1月20日　初版第1刷発行

著　者　霜月りつ
発行者　角竹輝紀
編　集　山田香織（株式会社マイナビ出版）
発行所　株式会社マイナビ出版
〒101-0003　東京都千代田区一ツ橋2丁目6番3号　一ツ橋ビル2F
TEL 0480-38-6872（注文専用ダイヤル）
TEL 03-3556-2731（販売部）
TEL 03-3556-2735（編集部）
URL https://book.mynavi.jp/

イラスト　アオジマイコ
装　幀　AFTERGLOW
フォーマット　ベイブリッジ・スタジオ
ＤＴＰ　富宗治
校　正　株式会社鷗来堂
印刷・製本　中央精版印刷株式会社

 ISBN978-4-8399-8148-8
Printed in Japan

Fan
ファン文庫

緑の箱庭レストラン
初恋の実りと涙のウェディングケーキ

少しずつ変化するふたりの関係。
そして、みどりの初恋の行方は——？

みどりが働き始めて1年が過ぎたある初夏、お店でお客様の結婚祝いのガーデンパーティーを行うことに。そしてパーティーの日が近づく中、みどりは密かにある決意をする。

著者／編乃肌
イラスト／ジワタネホ